LA LOGE NOIRE

Dessin et Scénario : GILLES CHAILLET
Couleurs : CHANTAL DEFACHELLE
Participation aux décors : CHRISTOPHE ANSAR

LA DERNIÈRE PROPHÉTIE

I • Voyage aux Enfers

Glénat

DANS LA MEME COLLECTION :

LA DERNIERE PROPHETIE
Gilles Chaillet
Tome I. **Voyage aux Enfers**

LE GARDIEN DE LA LANCE
Ferry / Ersel
Tome I. **Les frères**

LE LEGS DE L'ALCHIMISTE
Tanquerelle / Hubert
Tome I. **Joachim Overbeck**

POEME ROUGE
Savey / Wachs
Tome I. **Eliška**

LE TRIANGLE SECRET
Convard / Chaillet / Falque / Gine / Paul / Wachs
Tome I. **Le Testament du Fou**

Convard / Falque / Gine / Paul / Stalner / Wachs
Tome II. **Le Jeune Homme au suaire**

Convard / Falque / Gine / Kraehn / Paul / Wachs
Tome III. **De Cendre et d'Or**

Convard / Falque / Gine / Jusseaume / Paul / Wachs
Tome IV. **L'Evangile oublié**

Dépôt légal janvier 2002
Achevé d'imprimer en janvier 2002
Impression et reliure : Pollina s.a., 85400 Luçon n° L 85376

Ils arrivent !
THEODOSIANI
LEG V
MACEDONICA
SAGI
TARII
ORIENS
Par Hercule, les chiens courent avec les chats !
Tout l'Orient fait cortège au tyran, illustre Flavien. Ce n'est pas un César qu'il nous faudra vaincre, c'est le Roi des rois !

Septembre 394. L'Antiquité touche à son crépuscule. Menacé sur toutes ses frontières, le vieil empire romain semble plus absorbé par ses déchirements internes que par le péril barbare. L'empereur chrétien Théodose et son maître de la cavalerie Stilico pénètrent dans le diocèse d'Italie à la tête d'une armée bien peu romaine... Autour de ses vieilles légions caracolent les bandes de Goths fraîchement baptisées d'Alaric, des Alains, des contingents d'Arméniens, des Mèdes, des Arabes et même des Huns !
Ah, Stilico ! Ces luttes fratricides commencent à me peser ! Pourquoi refusent-ils obstinément la lumière de Jésus ?
Les anciennes familles de Rome n'ont pas digéré de perdre leur influence au profit de la nouvelle capitale, Constantinople... Elles brandissent leurs idoles pour mieux s'accrocher à leurs privilèges. Eradique le paganisme de ton empire et elles s'éteindront.
Arbogast, les dieux t'appellent sur le champ de bataille. Théodose approche...
Alors Flavien, fils de Mars, revêts ton armure et lève ton épée, elle ne sera pas de trop !
Tu peux compter sur elle. Et sur la protection des dieux ! Eux seuls garantissent le salut de Rome !
Alors, comme pour ressusciter
passé qui n'existe plus, le sénat
Flavien coiffe un antique cas
d'airain, vestige des années de gl
lorsque Rome imposait sa loi.

LEG V MACEDONICA ORIENTALIS
Nos ennemis campent entre Aquilée et la Rivière Froide, Auguste Théodose, la gorge offerte à notre merci.
Camp de la Rivière Froide, quartier général d'Arbogast, chef des mercenaires du parti païen : des Francs et des Alamans prêts à se battre pour le compte de l'usurpateur Eugène que le Sénat de Rome vient de proclamer empereur. Ce professeur de rhétorique incarne l'ultime espoir des grandes familles romaines farouchement attachées à leur antique religion.
Entendez-vous ce grondement de tonnerre ?..
Les voilà !

TUEZ-LES TOUS !
Aquilée, résidence de l'usurpateur païen Eugène.
Eh bien ?
CAESAR

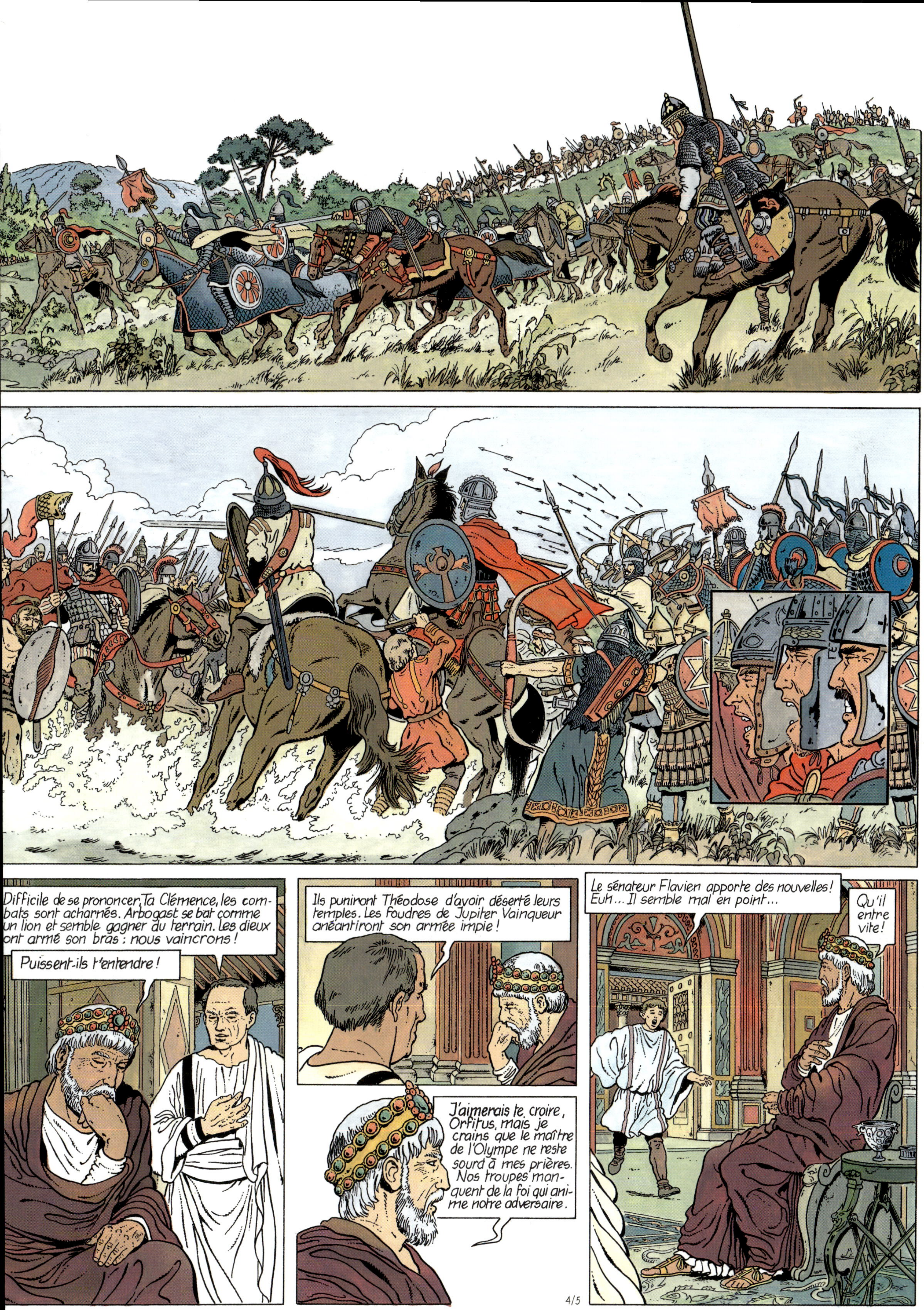
Difficile de se prononcer, Ta Clémence, les combats sont acharnés. Arbogast se bat comme un lion et semble gagner du terrain. Les dieux ont armé son bras : nous vaincrons !
Puissent-ils t'entendre !
Ils puniront Théodose d'avoir déserté leurs temples. Les foudres de Jupiter Vainqueur anéantiront son armée impie !
J'aimerais le croire, Orfitus, mais je crains que le maître de l'Olympe ne reste sourd à mes prières. Nos troupes manquent de la foi qui anime notre adversaire.
Le sénateur Flavien apporte des nouvelles ! Euh... Il semble mal en point...
Qu'il entre vite !
4/5

Nous sommes vaincus, lâchés par les dieux ! Les puissances du ciel ont combattu auprès de Théodose en envoyant un vent de poussière contre nos hommes; ils ont dû se rendre. Arbogast, lui, a préféré le suicide à la honte.
Alors Rome est perdue ! Pars vite, Flavien, et cours la prévenir de ce désastre !
Et toi, Majesté ?
Comme l'a dit le divin Auguste, pour moi la pièce est jouée...
Rome, enfin !
Dans la tiédeur de l'été finissant, la Ville Eternelle s'étire, lascive, orientale, offerte, terriblement païenne, enivrée des fêtes de la résurrection d'Osiris qui l'emportent à la dérive d'une Antiquité périmée...
Les fous ! Ils sont magnifiques d'inconscience !
6

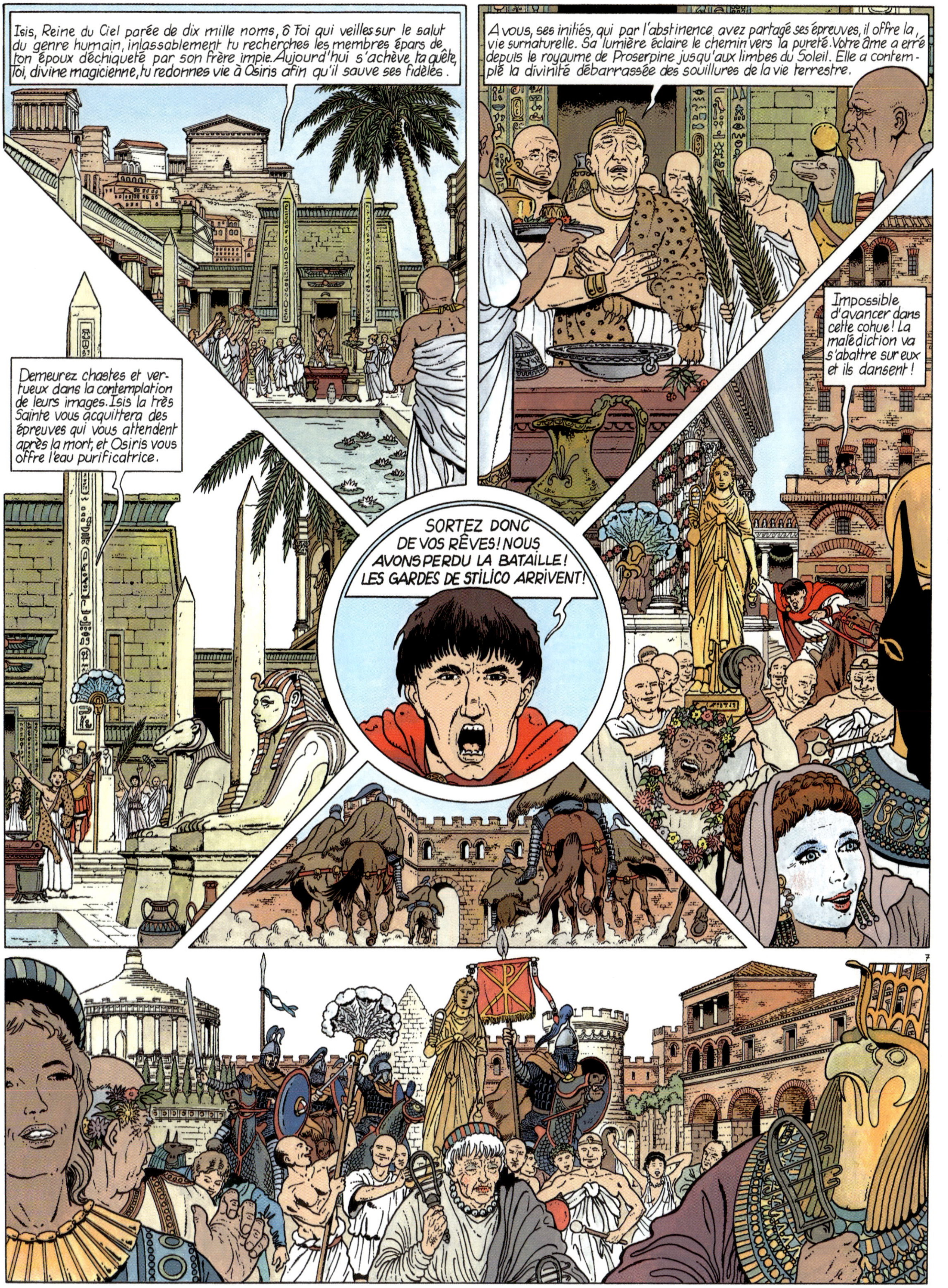
Isis, Reine du Ciel parée de dix mille noms, ô Toi qui veilles sur le salut du genre humain, inlassablement tu recherches les membres épars de ton époux déchiqueté par son frère impie. Aujourd'hui s'achève ta quête, Toi, divine magicienne, tu redonnes vie à Osiris afin qu'il sauve ses fidèles.
A vous, ses initiés, qui par l'abstinence avez partagé ses épreuves, il offre la, vie surnaturelle. Sa lumière éclaire le chemin vers la pureté. Votre âme a erré depuis le royaume de Proserpine jusqu'aux limbes du Soleil. Elle a contemplé la divinité débarrassée des souillures de la vie terrestre.
Demeurez chastes et vertueux dans la contemplation de leurs images. Isis la très Sainte vous acquittera des épreuves qui vous attendent après la mort, et Osiris vous offre l'eau purificatrice.
Impossible d'avancer dans cette cohue ! La malédiction va s'abattre sur eux et ils dansent !
SORTEZ DONC DE VOS RÊVES ! NOUS AVONS PERDU LA BATAILLE ! LES GARDES DE STILICO ARRIVENT !
7

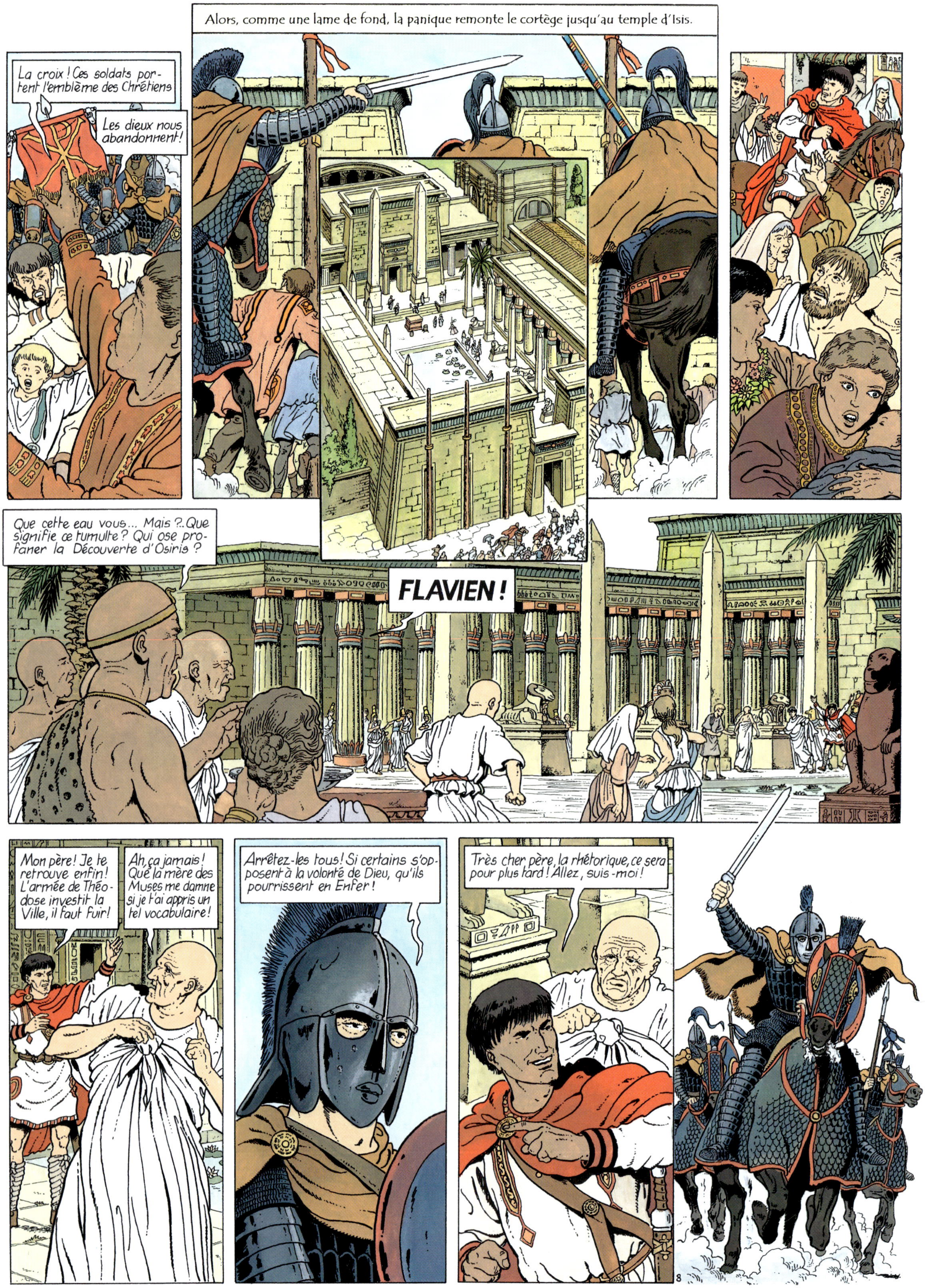

Alors, comme une lame de fond, la panique remonte le cortège jusqu'au temple d'Isis.
La croix ! Ces soldats portent l'emblème des Chrétiens
Les dieux nous abandonnent !
Que cette eau vous... Mais ?.. Que signifie ce tumulte ? Qui ose profaner la Découverte d'Osiris ?
FLAVIEN !
Mon père ! Je te retrouve enfin ! L'armée de Théodose investit la Ville, il faut fuir !
Ah, ça jamais ! Que la mère des Muses me damne si je t'ai appris un tel vocabulaire !
Arrêtez-les tous ! Si certains s'opposent à la volonté de Dieu, qu'ils pourrissent en Enfer !
Très cher père, la rhétorique, ce sera pour plus tard ! Allez, suis-moi !
8

La nouvelle de la victoire s'est répandue jusqu'au Transtévère où les Chrétiens vivent dans l'ombre. Alors ils jaillissent en pleine lumière. En masse, ils traversent les ponts et se ruent sur les païens, ivres de vengeance.
C'est le moment de leur montrer comment savent mourir les fils de Jupiter !
Tu as trop lu nos grands historiens classiques !
EN ARRIÈRE, BANDE DE RENÉGATS !
Sainte Vierge ! Vous n'allez pas reculer devant un vieillard et un fanfaron déguisé en soldat !

Eh bien! Appelle donc tes dieux à ton secours!... Bien qu'il m'étonnerait que des idoles d'argile puissent t'aider en n'importe quoi! Invoque plutôt la miséricorde de Notre Seigneur Jésus... À genoux, païen!
Maudit fils de pute, respecte au moins la dignité de notre charge : tu insultes deux sénateurs.
Arrête Polyclès, je les reconnais : Nicomaque et son fils, le clarissime Flavien.
Ils appartiennent à l'une des plus illustres familles de la Ville. S'ils ne partagent pas notre foi, ils ont toujours montré de la mansuétude et de la probité ... Et puis, ils sont Rome, comme une part de son Eternité.
Je m'en contrefous! Babylone et ses vices se sont réincarnés dans Rome : elle est la Bête Immonde! Bientôt le feu de Dieu l'anéantira à tout jamais!
Dieu est amour, Polyclès.
Laissez-les.
Regardez-moi bien, cloportes! Si vous saviez comme je vous méprise! Mais le pire est de devoir subir l'affront de votre miséricorde!
La foule des Chrétiens les regarde comme si elle rendait les honneurs aux derniers survivants d'un passé révolu. Même les terribles gardes de Stilico n'osent intervenir : c'est l'Histoire de Rome qui passe devant leurs yeux.

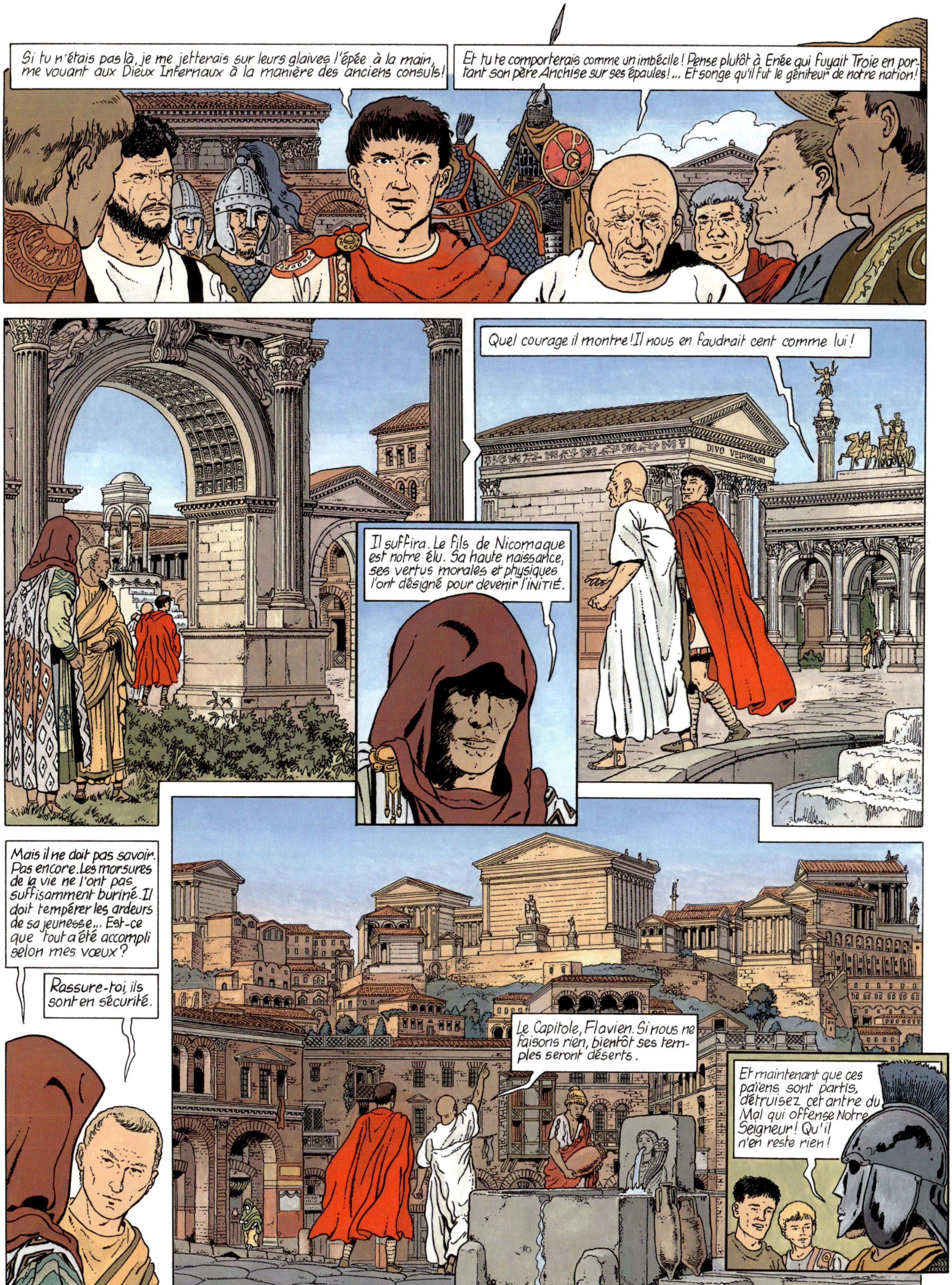

Si tu n'étais pas là, je me jetterais sur leurs glaives l'épée à la main, me vouant aux Dieux Infernaux à la manière des anciens consuls!
Et tu te comporterais comme un imbécile! Pense plutôt à Enée qui fuyait Troie en portant son père Anchise sur ses épaules!... Et songe qu'il fut le géniteur de notre nation!
Quel courage il montre! Il nous en faudrait cent comme lui!
DIVO VESPASIANO
Il suffira. Le fils de Nicomaque est notre élu. Sa haute naissance, ses vertus morales et physiques l'ont désigné pour devenir l'INITIÉ.
Mais il ne doit pas savoir. Pas encore. Les morsures de la vie ne l'ont pas suffisamment buriné. Il doit tempérer les ardeurs de sa jeunesse... Est-ce que tout a été accompli selon mes vœux?
Rassure-toi, ils sont en sécurité.
Le Capitole, Flavien. Si nous ne faisons rien, bientôt ses temples seront déserts.
Et maintenant que ces païens sont partis, détruisez cet antre du Mal qui offense Notre Seigneur! Qu'il n'en reste rien!

DIVO VESPASIANO
Caecina Albinus, Nicomaque et toi Flavien ! C'est un bien triste jour pour nous retrouver...
Parle, Symmaque, et nous suivrons tes sages conseils.
Hélas ! A part constater la victoire de nos ennemis !... Les sénate
chrétiens peuvent se rengorger : ils ont gagné !

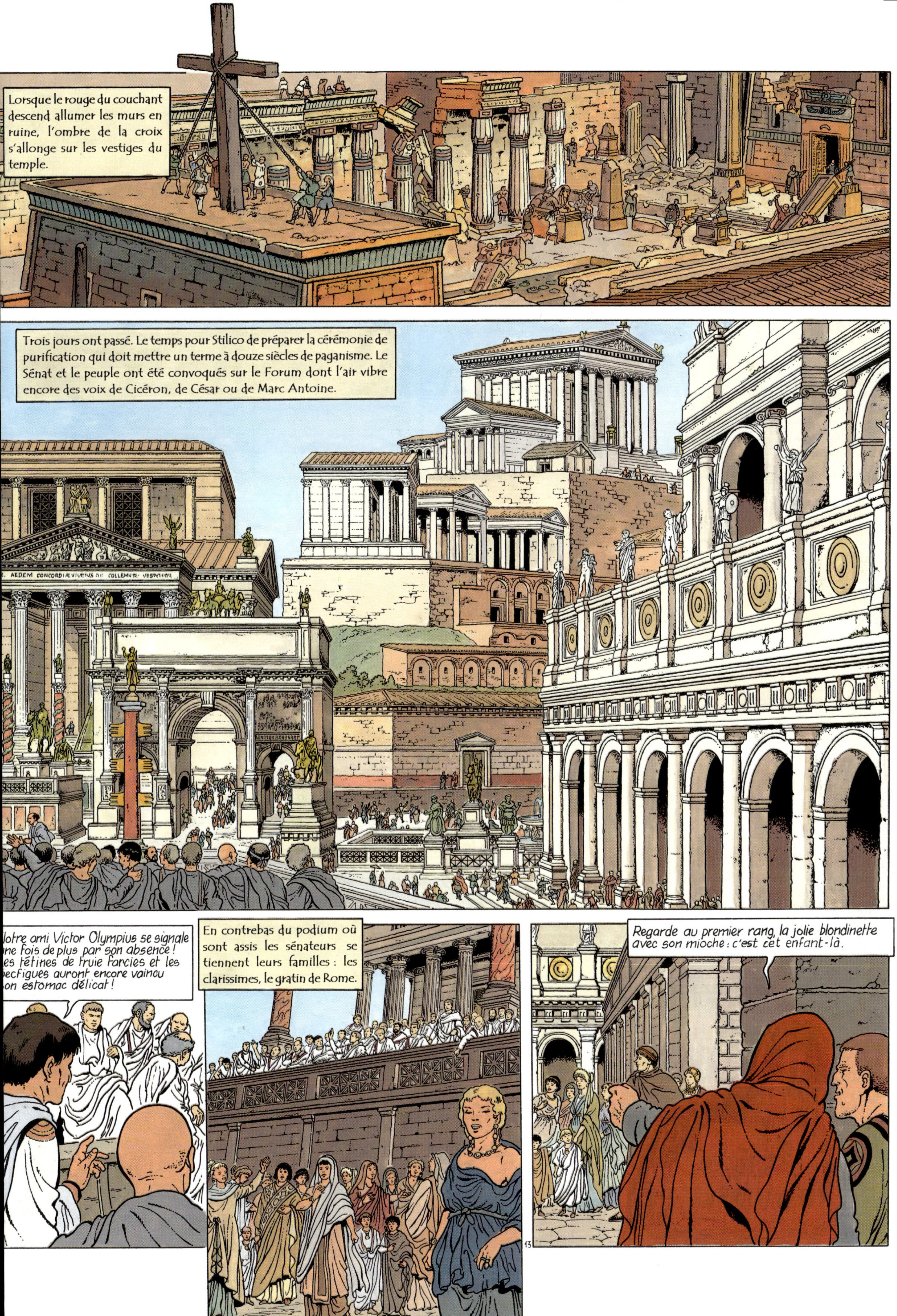

Lorsque le rouge du couchant descend allumer les murs en ruine, l'ombre de la croix s'allonge sur les vestiges du temple.
Trois jours ont passé. Le temps pour Stilico de préparer la cérémonie de purification qui doit mettre un terme à douze siècles de paganisme. Le Sénat et le peuple ont été convoqués sur le Forum dont l'air vibre encore des voix de Cicéron, de César ou de Marc Antoine.
lotre ami Victor Olympius se signale ne fois de plus par son absence ! es tétines de truie farcies et les ecfigues auront encore vaincu on estomac délicat !
En contrebas du podium où sont assis les sénateurs se tiennent leurs familles : les clarissimes, le gratin de Rome.
Regarde au premier rang, la jolie blondinette avec son mioche : c'est cet enfant-là.

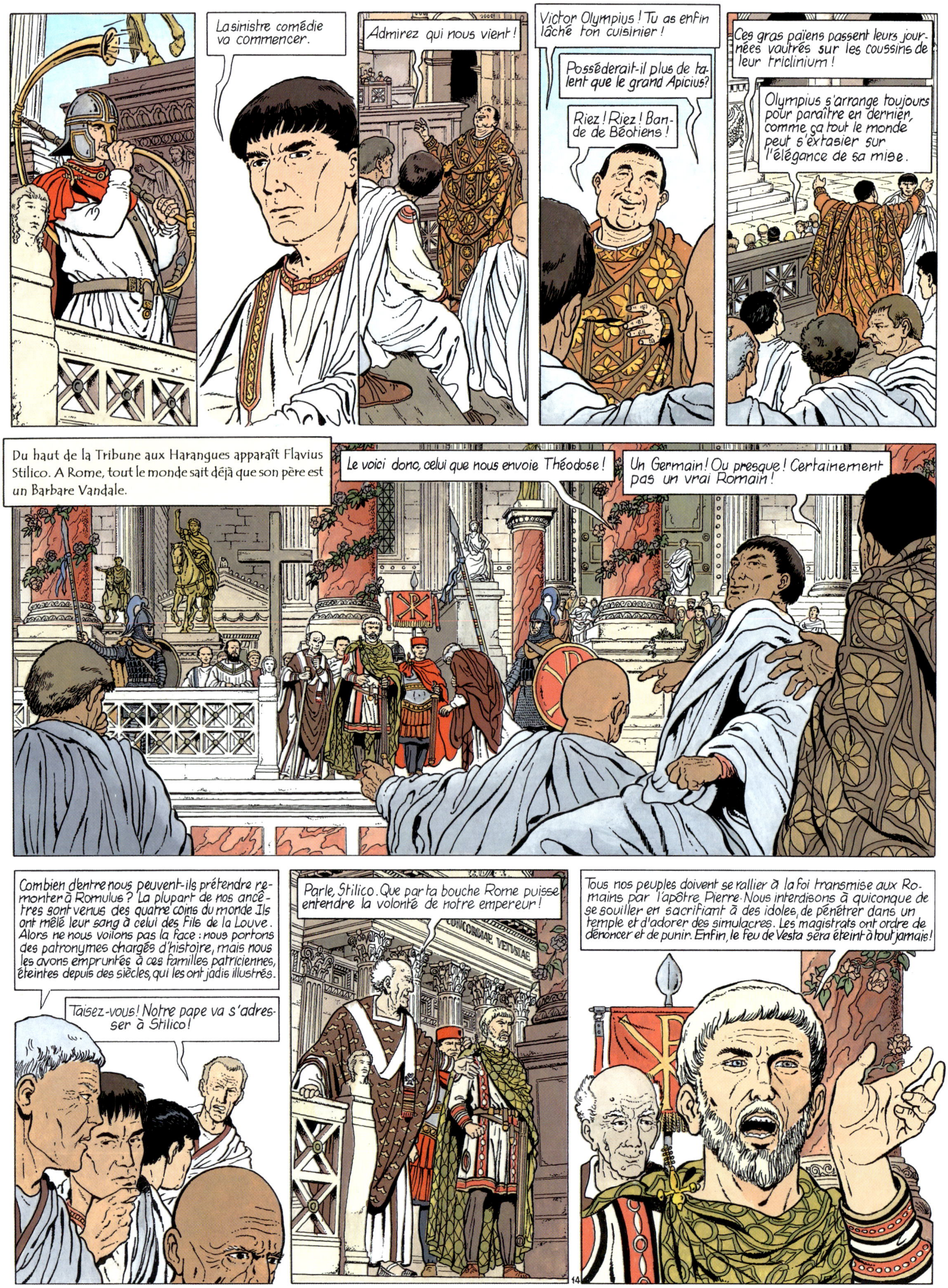

La sinistre comédie va commencer.
Admirez qui nous vient!
Victor Olympius! Tu as enfin lâché ton cuisinier!
Posséderait-il plus de talent que le grand Apicius?
Riez! Riez! Bande de Béotiens!
Ces gras païens passent leurs journées vautrés sur les coussins de leur triclinium!
Olympius s'arrange toujours pour paraître en dernier, comme ça tout le monde peut s'extasier sur l'élégance de sa mise.
Du haut de la Tribune aux Harangues apparaît Flavius Stilico. A Rome, tout le monde sait déjà que son père est un Barbare Vandale.
Le voici donc, celui que nous envoie Théodose!
Un Germain! Ou presque! Certainement pas un vrai Romain!
Combien d'entre nous peuvent-ils prétendre remonter à Romulus? La plupart de nos ancêtres sont venus des quatre coins du monde. Ils ont mêlé leur sang à celui des Fils de la Louve. Alors ne nous voilons pas la face : nous portons des patronymes chargés d'histoire, mais nous les avons empruntés à ces familles patriciennes, éteintes depuis des siècles, qui les ont jadis illustrés.
Taisez-vous! Notre pape va s'adresser à Stilico!
Parle, Stilico. Que par ta bouche Rome puisse entendre la volonté de notre empereur!
CONCORDIAE VETUSTAE
Tous nos peuples doivent se rallier à la foi transmise aux Romains par l'apôtre Pierre. Nous interdisons à quiconque de se souiller en sacrifiant à des idoles, de pénétrer dans un temple et d'adorer des simulacres. Les magistrats ont ordre de dénoncer et de punir. Enfin, le feu de Vesta sera éteint à tout jamais!
14

Ils ont osé !
Depuis plus de mille ans nos vestales ont veillé pour que le feu sacré jamais ne s'éteigne ! Il symbolise l'éternité de Rome !
IL N'EST D'ÉTERNEL QUE DIEU !
Les Chrétiens semblent ignorer qu'en des temps lointains la flamme qui jaillissait était aussi précaire que la vie. Sans elle il n'y avait que la mort, elle était LA VIE ! Privée de la protection du feu éternel, Rome ne connaîtra plus que le chaos !
Sourd à ces sombres avertissements, le pape Sirice avance alors en procession vers le temple rond de Vesta.
Eh quoi !? Qu'attendez-vous pour entrer ? Le feu qui brûle dans ce temple offense la vraie foi ! ALLEZ !
C'est que ... profaner ce lieu peut coûter cher. En dehors des prêtresses, personne n'a le droit d'y pénétrer !
On sait ce qu'il est advenu de ceux qui ont bravé l'interdit !
Ridicules superstitions !
Regarde, père, ils refusent de commettre ce sacrilège ! Tout n'est pas perdu. Je vais exhorter le peuple et...
NON, FLAVIEN !

La bile te brûle le foie et je te comprends. Mais personne ne t'écouterait, même si la plupart de ces gens ont le cœur aussi meurtri que le tien... Regarde, les soldats de Stilico cernent la place.
Il faudra donc toujours se plier à leur volonté !
Par Dieu, n'y a-t-il pas dans cette ville pourrie un vrai chrétien pour s'acquitter de cette tâche, ou faudra-t-il qu'un vieil homme comme votre pasteur s'en charge seul ?...
Bientôt la dernière volute de fumée s'évapore dans l'azur d'un ciel indifférent au-dessus d'un monde qui s'effondre.
MALHEUR !
LOUÉ SOIT LE SEIGNEUR !
ALLÉLUIA !!

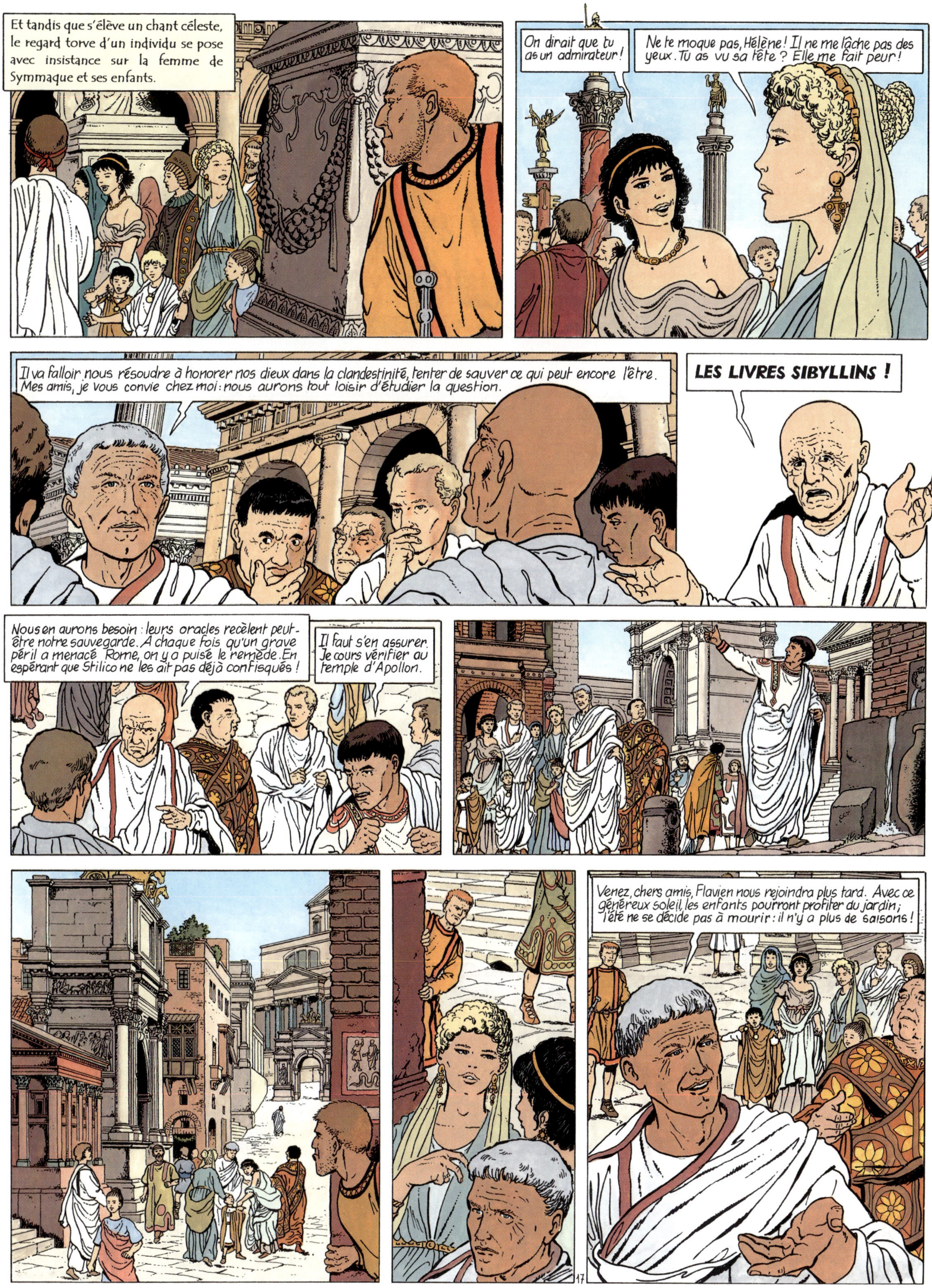

Et tandis que s'élève un chant céleste, le regard torve d'un individu se pose avec insistance sur la femme de Symmaque et ses enfants.
On dirait que tu as un admirateur !
Ne te moque pas, Hélène ! Il ne me lâche pas des yeux. Tu as vu sa tête ? Elle me fait peur !
Il va falloir nous résoudre à honorer nos dieux dans la clandestinité, tenter de sauver ce qui peut encore l'être. Mes amis, je vous convie chez moi : nous aurons tout loisir d'étudier la question.
LES LIVRES SIBYLLINS !
Nous en aurons besoin : leurs oracles recèlent peut-être notre sauvegarde. À chaque fois qu'un grave péril a menacé Rome, on y a puisé le remède. En espérant que Stilico ne les ait pas déjà confisqués !
Il faut s'en assurer. Je cours vérifier au temple d'Apollon.
Venez, chers amis, Flavien nous rejoindra plus tard. Avec ce généreux soleil, les enfants pourront profiter du jardin ; l'été ne se décide pas à mourir : il n'y a plus de saisons !

Pas un chat ! L'esplanade est déserte. Les gens s'attardent sur le Forum.
APOLLONI SACRVM
BLAM BLAM
Personne ! Le temple est fermé. Il fallait s'y attendre ...
Ho là ! Ça va pas de cogner comme un sourd ! Par Pollux, tu vas bousiller la porte ! C'est de l'ivoire, quand même !
Oh, pardon, fils de la Fortune, je ne t'avais pas reconnu ! Faut pas m'en vouloir, j'ai pas le cœur : triste journée, quand même !
Les livres Sibyllins sont-ils toujours entreposés dans les caves du temple ?
Hélas non, favori des dieux ! Hier, un homme a exigé que je les lui remette. Au nom de l'empereur, quand même !
Triple buse ! Jamais tu n'aurais dû obéir, même au péril de ta misérable vie ! ... Quand même !
Décidément, les dieux nous abandonnent !
TU N'AS PAS LE DROIT ! SORS D'ICI !
Le sanctuaire de la Grande Mère des dieux aurait-il encore des visiteurs ?

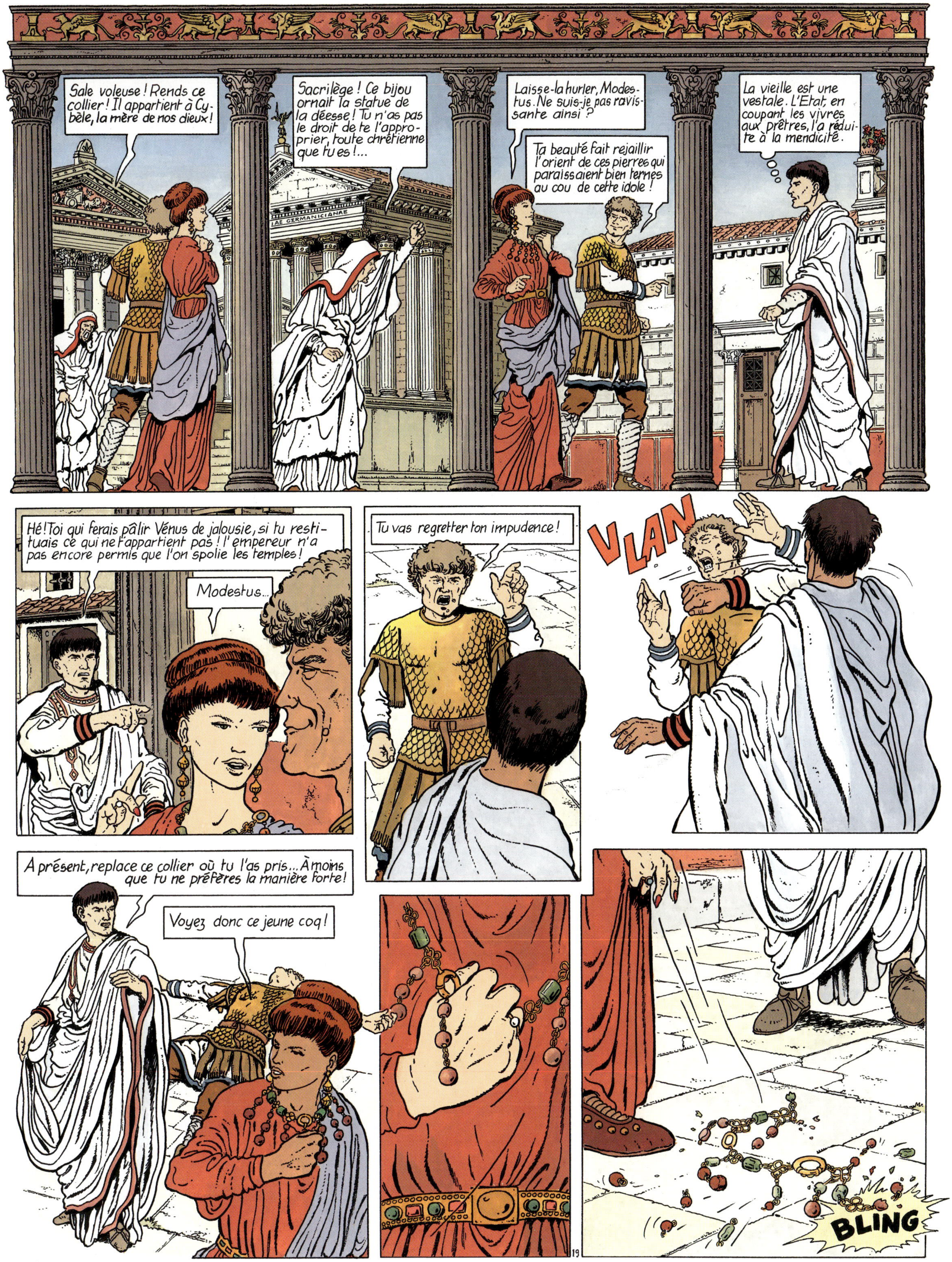
Sale voleuse ! Rends ce collier ! Il appartient à Cybèle, la mère de nos dieux !
Sacrilège ! Ce bijou ornait la statue de la déesse ! Tu n'as pas le droit de te l'approprier, toute chrétienne que tu es !...
Laisse-la hurler, Modestus. Ne suis-je pas ravissante ainsi ?
Ta beauté fait rejaillir l'orient de ces pierres qui paraissaient bien ternes au cou de cette idole !
La vieille est une vestale. L'Etat, en coupant les vivres aux prêtres, l'a réduite à la mendicité.
Hé ! Toi qui ferais pâlir Vénus de jalousie, si tu restituais ce qui ne t'appartient pas ! L'empereur n'a pas encore permis que l'on spolie les temples !
Modestus...
Tu vas regretter ton impudence !
VLAN
À présent, replace ce collier où tu l'as pris... À moins que tu ne préfères la manière forte !
Voyez donc ce jeune coq !
BLING
19

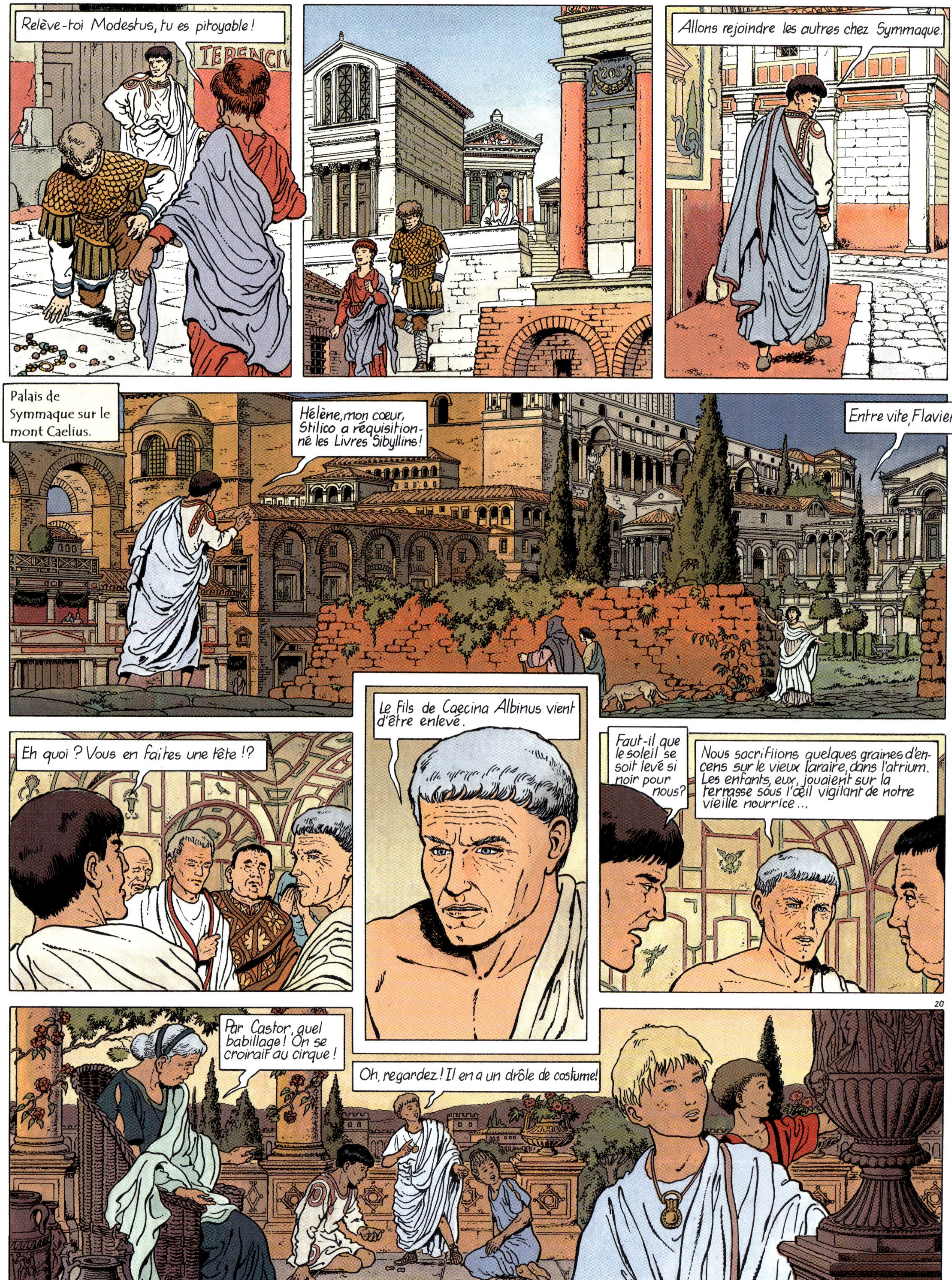
Relève-toi Modestus, tu es pitoyable !
TERENCIV
Allons rejoindre les autres chez Symmaque.
Palais de Symmaque sur le mont Caelius.
Hélène, mon cœur, Stilico a réquisitionné les Livres Sibyllins !
Entre vite, Flavien !
Eh quoi ? Vous en faites une tête !?
Le fils de Caecina Albinus vient d'être enlevé.
Faut-il que le soleil se soit levé si noir pour nous ?
Nous sacrifiions quelques graines d'encens sur le vieux laraire, dans l'atrium. Les enfants, eux, jouaient sur la terrasse sous l'œil vigilant de notre vieille nourrice...
Par Castor, quel babillage ! On se croirait au cirque !
Oh, regardez ! Il en a un drôle de costume !

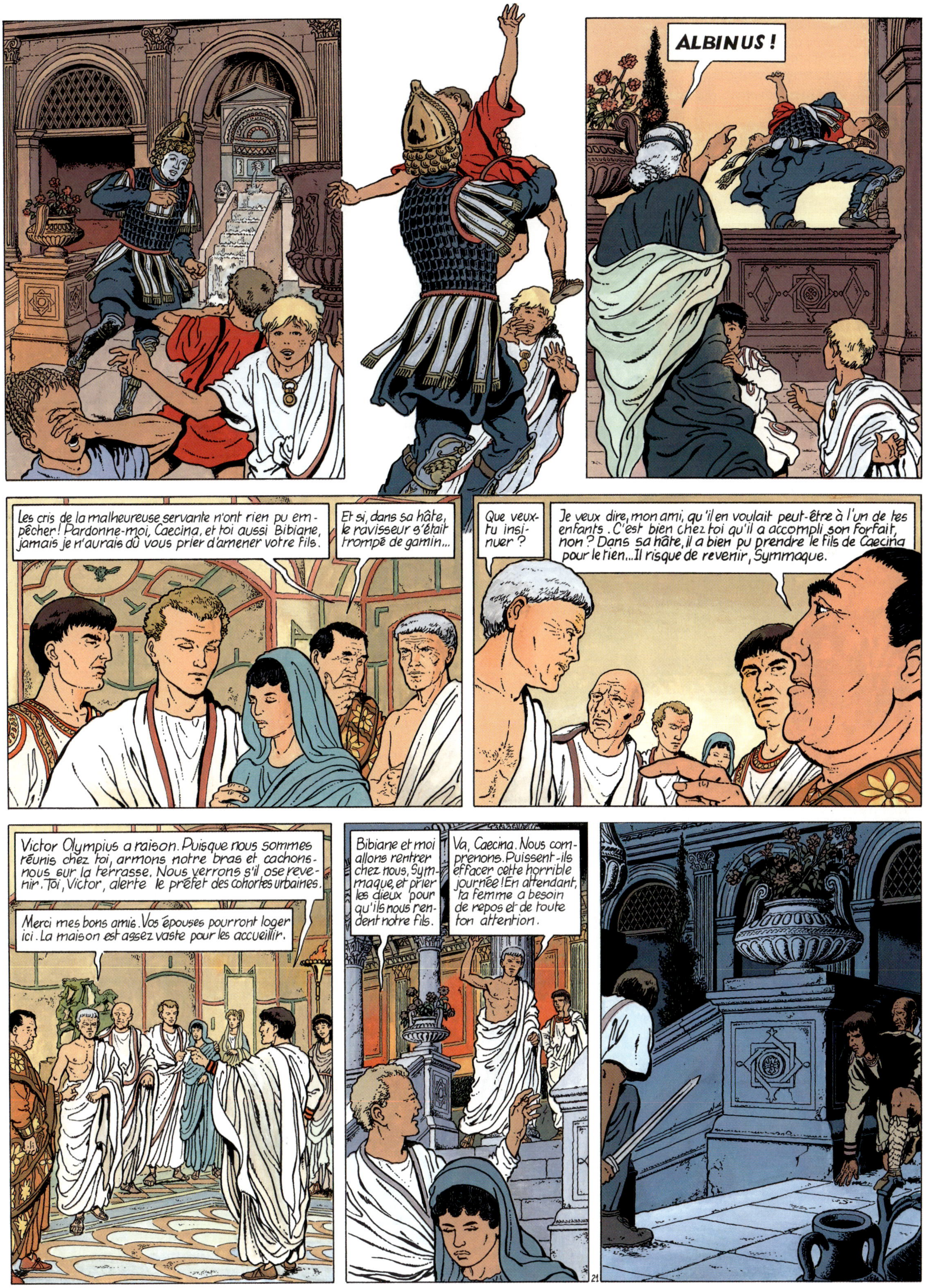
ALBINUS !
Les cris de la malheureuse servante n'ont rien pu empêcher ! Pardonne-moi, Caecina, et toi aussi Bibiane, jamais je n'aurais dû vous prier d'amener votre fils.
Et si, dans sa hâte, le ravisseur s'était trompé de gamin...
Que veux-tu insinuer ?
Je veux dire, mon ami, qu'il en voulait peut-être à l'un de tes enfants. C'est bien chez toi qu'il a accompli son forfait, non ? Dans sa hâte, il a bien pu prendre le fils de Caecina pour le tien... Il risque de revenir, Symmaque.
Victor Olympius a raison. Puisque nous sommes réunis chez toi, armons notre bras et cachons-nous sur la terrasse. Nous verrons s'il ose revenir. Toi, Victor, alerte le préfet des cohortes urbaines.
Merci mes bons amis. Vos épouses pourront loger ici. La maison est assez vaste pour les accueillir.
Bibiane et moi allons rentrer chez nous, Symmaque, et prier les dieux pour qu'ils nous rendent notre fils.
Va, Caecina. Nous comprenons. Puissent-ils effacer cette horrible journée ! En attendant, ta femme a besoin de repos et de toute ton attention.

Ce bon gros verrat d'Olympius a eu le groin sensible : regardez qui voilà !
Le voleur d'enfant ne revient pas seul !
?
Il faudrait en capturer au moins un !
22

L'homme à la sinistre silhouette se faufile entre les ifs et les Satyres qui allongent leurs ombres inquiétantes sous l'impassible clair de lune. Il est Faune parmi les Silènes à queues fourchues, le diable au royaume des démons.
Ils fatiguent Nous les tenons !
Mais ils résistent. Un peu trop, même ! Ils n'ont pourtant pas réussi leur coup ! Ils devraient logiquement rompre le combat et s'enfuir !
Ces travestis font tout pour nous retenir ici. C'est peut-être une manœuvre de diversion !
Eh ? Où cours-tu, Flavien ?

Par Hercule, j'avais raison !
Les bandits ont filé... Mais que ce passe-t-il ici ?
Là-bas, près de Flavien, un homme à terre !
Pourquoi tous ces cris ?.. LUCIUS !
MAMAN !
Oh, mon petit Lucius ! Ne pleure plus, Maman est là !
Tes comparses ont réussi à filer, mais toi, tu vas parler ! Voyons un peu à quoi tu ressembles...
Femmes, retournez vous coucher. Vous pouvez dormir tranquilles, nous tenons la situation.
24

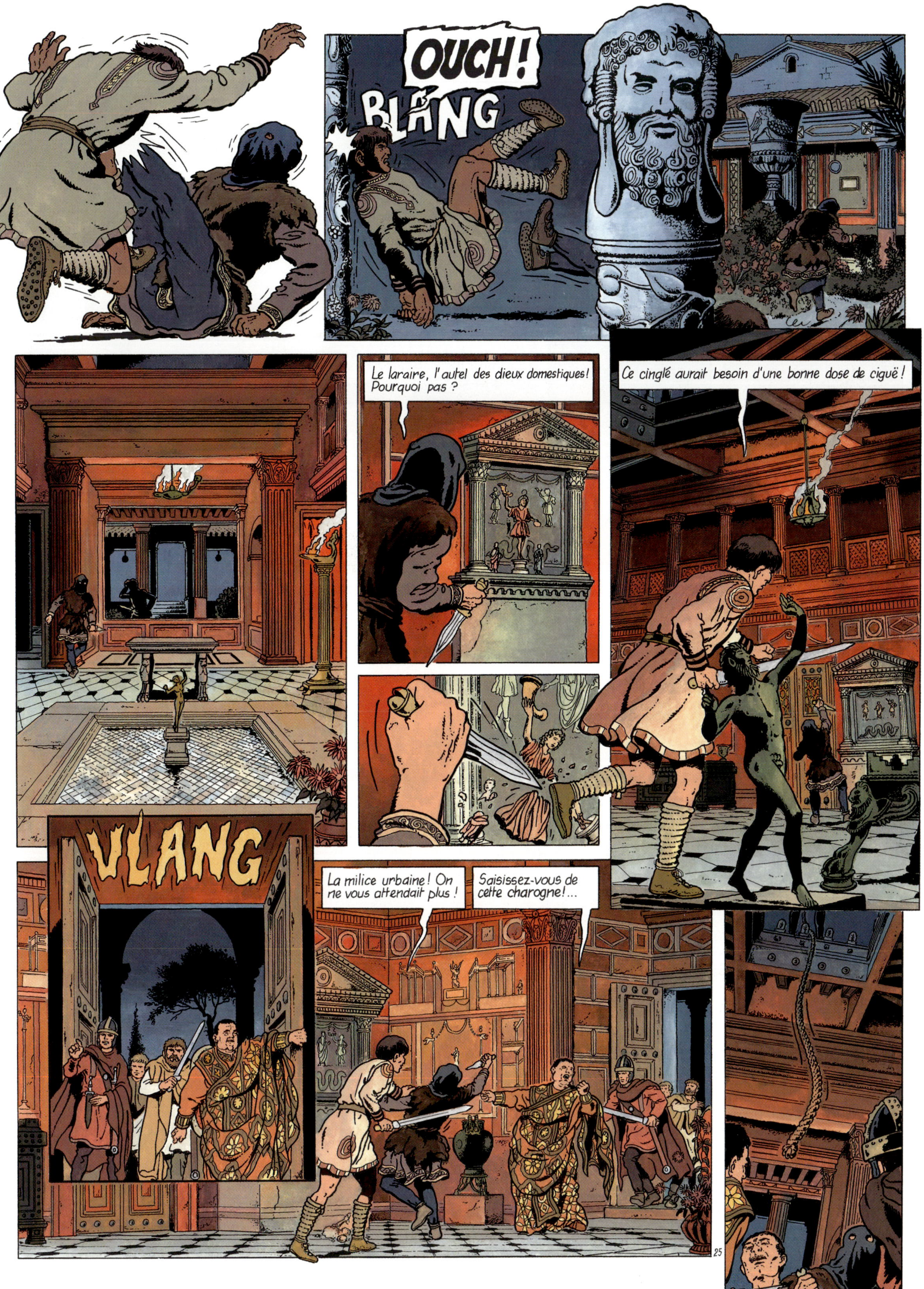
OUCH!
BLANG
Le laraire, l'autel des dieux domestiques! Pourquoi pas ?
Ce cinglé aurait besoin d'une bonne dose de ciguë !
VLANG
La milice urbaine! On ne vous attendait plus !
Saisissez-vous de cette charogne!...
25

Je vous bénis, mes frères!
Les ordures! Ils avaient tout prévu!
Bon sang, Victor, tu en as mis un temps!
Disons que le préfet ne se bouscule pas trop pour assurer la sécurité des polythéistes...
Nous n'avons fait qu'obéir à ses ordres, Clarissime!
Nos agresseurs en sont à leur deuxième tentative, et ils ne s'arrêteront sûrement pas là. Il faut très vite mettre les enfants à l'abri.
Valéria, tu les emmèneras dans notre domaine de Tibur. Hélène, ma chère sœur, veux-tu bien les accompagner avec votre fils..? Une escorte vous conduira jusqu'à la villa. Qu'en penses-tu, Flavien ?
C'est une sage précaution.
Avec Flavien, nous vous rejoindrons après la séance au Sénat.
Je compte sur toi, Hélène, pour maintenir le moral. Je sais que tu es forte. Bonne route les enfants!
MOSELLVS

La Curie abrite l'antique assemblée du Sénat. Même s'il a perdu toute importance politique, il incarne la continuité de Rome. Les familles auxquelles appartiennent ses membres jouissent d'un prestige éminent. Les sénateurs sont les gardiens de la tradition et le pouvoir doit compter avec eux.
La place de Victor Olympius est vide !
Il faut de solides excuses pour s'abstenir de paraître à notre assemblée. Il sait pourtant l'importance de cette séance.
Le choix de sa toge occupe tout son temps !
Je ne comprends pas. Je l'ai rencontré ce matin, il se portait comme un charme et devait nous retrouver ici. Ce retard n'est pas normal.
Gloire et honneurs au maître de la cavalerie Flavius Stilico et à sa très noble suite !
Sa suite ? Ce barbare se comporte vraiment comme un prince oriental !
Regardez qui l'accompagne : l'évêque de Milan, Ambroise ! Celui-ci nous hait plus encore qu'il déteste nos dieux !
Sacrilège ! il y a une femme avec eux !

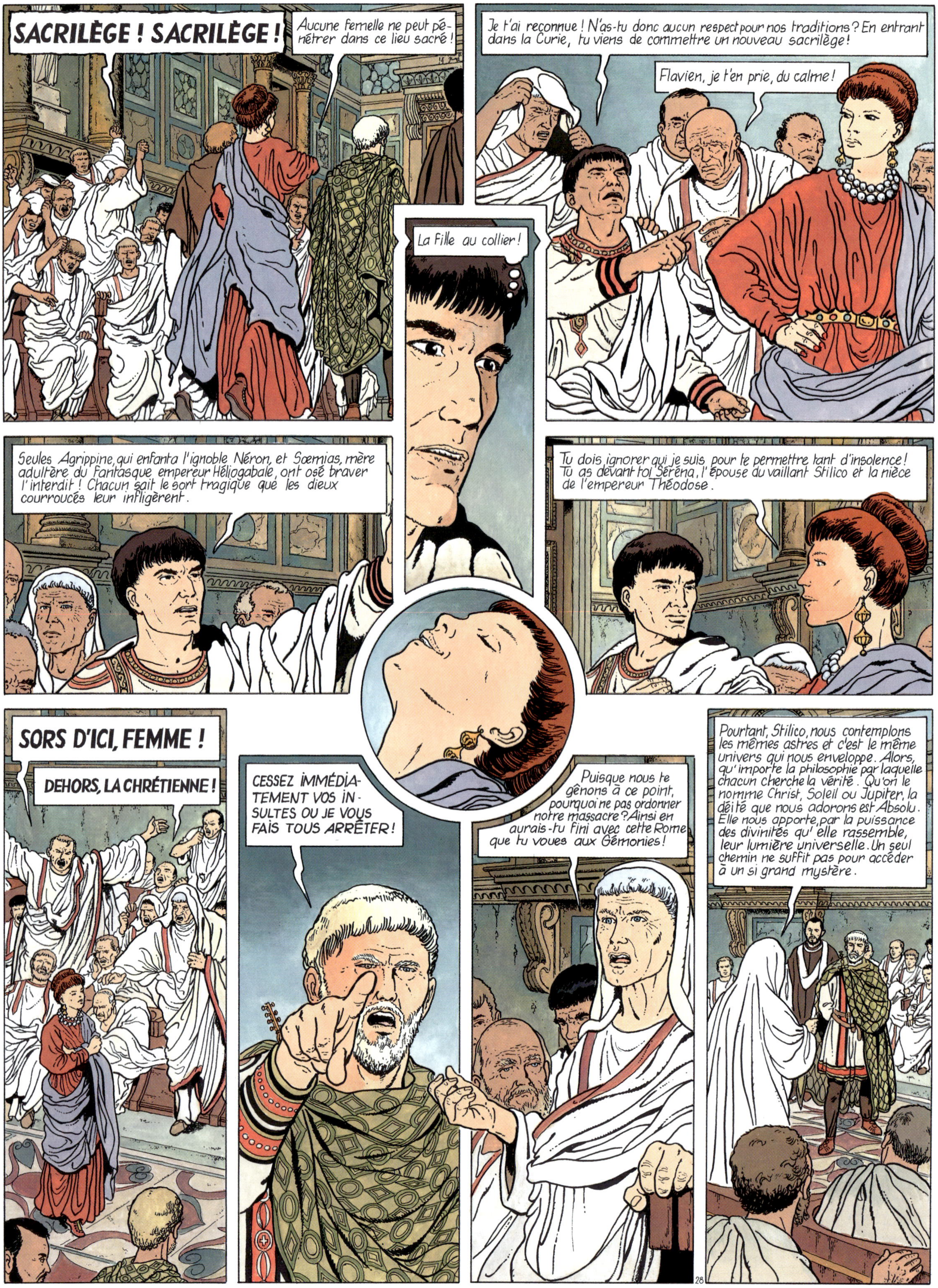
SACRILÈGE ! SACRILÈGE !
Aucune femelle ne peut pénétrer dans ce lieu sacré !
Je t'ai reconnue ! N'as-tu donc aucun respect pour nos traditions ? En entrant dans la Curie, tu viens de commettre un nouveau sacrilège !
Flavien, je t'en prie, du calme !
La Fille au collier !
Seules Agrippine, qui enfanta l'ignoble Néron, et Sœmias, mère adultère du fantasque empereur Héliogabale, ont osé braver l'interdit ! Chacun sait le sort tragique que les dieux courroucés leur infligèrent.
Tu dois ignorer qui je suis pour te permettre tant d'insolence ! Tu as devant toi Serena, l'épouse du vaillant Stilico et la nièce de l'empereur Théodose.
SORS D'ICI, FEMME !
DEHORS, LA CHRÉTIENNE !
CESSEZ IMMÉDIATEMENT VOS INSULTES OU JE VOUS FAIS TOUS ARRÊTER !
Puisque nous te gênons à ce point, pourquoi ne pas ordonner notre massacre ? Ainsi en aurais-tu fini avec cette Rome que tu voues aux Gémonies !
Pourtant, Stilico, nous contemplons les mêmes astres et c'est le même univers qui nous enveloppe. Alors, qu'importe la philosophie par laquelle chacun cherche la vérité. Qu'on le nomme Christ, Soleil ou Jupiter, la déité que nous adorons est Absolu. Elle nous apporte, par la puissance des divinités qu'elle rassemble, leur lumière universelle. Un seul chemin ne suffit pas pour accéder à un si grand mystère.

Ce ne sont pas des idoles de bronze ou d'ivoire qui ont fait la grandeur de Rome, mais la valeur de ses armes et le dessein de Dieu.
Les rites chrétiens sont d'une faible pensée, pauvre en expression, juste bons à rassurer la masse. Difficile de croire qu'un dieu mort sur une croix ait permis la gloire de Rome!
Reste à Milan, Ambroise ; ici nous n'avons pas besoin de ton dieu!
Ne les écoute plus, Stilico! Il reste peu à faire pour achever d'abattre l'idolatrie, ce poison mortel sera bientôt dissipé. Impose la loi de Dieu, rends-la inviolable! Ordonne la démolition des temples et dépouille-les de leurs ornements!
Dieu commande de punir les idolâtres! Il est écrit que si des hommes veulent servir d'autres dieux, ils mourront par le fer et leur ville disparaîtra dans les flammes!
Telle est la volonté de notre Seigneur ; à toi de la faire respecter, Stilico!
Cesse de t'exciter comme une Furie, fils de Maternus. Ton dieu n'existait pas encore que déjà des temples s'élevaient partout, répandant le bonheur autour d'eux.
Et toi, Stilico, tu te figures que par la violence tu nous amèneras à ta religion? Certains des nôtres vont avec les chrétiens dans leurs assemblées, mais ils font semblant de prier et implorent en secret leurs anciens dieux!
29
Cette brise légère a rafraîchi l'atmosphère.
Les enfants seront bien à Tibur. L'air y est préférable qu'à Rome.

Il y a trop de monde. Allons nous embusquer plus loin.
Ils approchent...
Parfait. En dehors de leur carrosse la route est à présent déserte.
Hélène, regarde! Les revoilà! Ils vont nous voler nos enfants!
Calme-toi, Valéria. Ils ne nous tiennent pas encore. Servus, au prochain croisement, tourne à droite!

Ce chemin conduit à notre ferme : elle a des murs solides : nous y serons en sécurité.
TCHAK
Maman, j'ai peur !
Allons les enfants, on garde son sang-froid : un Romain ne tremble jamais. Demandez donc à vos pères !
AAAH !
Ressaisis-toi, Valéria ! Par Castor, la panique est contagieuse !
CLING CLING CLING CLING
31

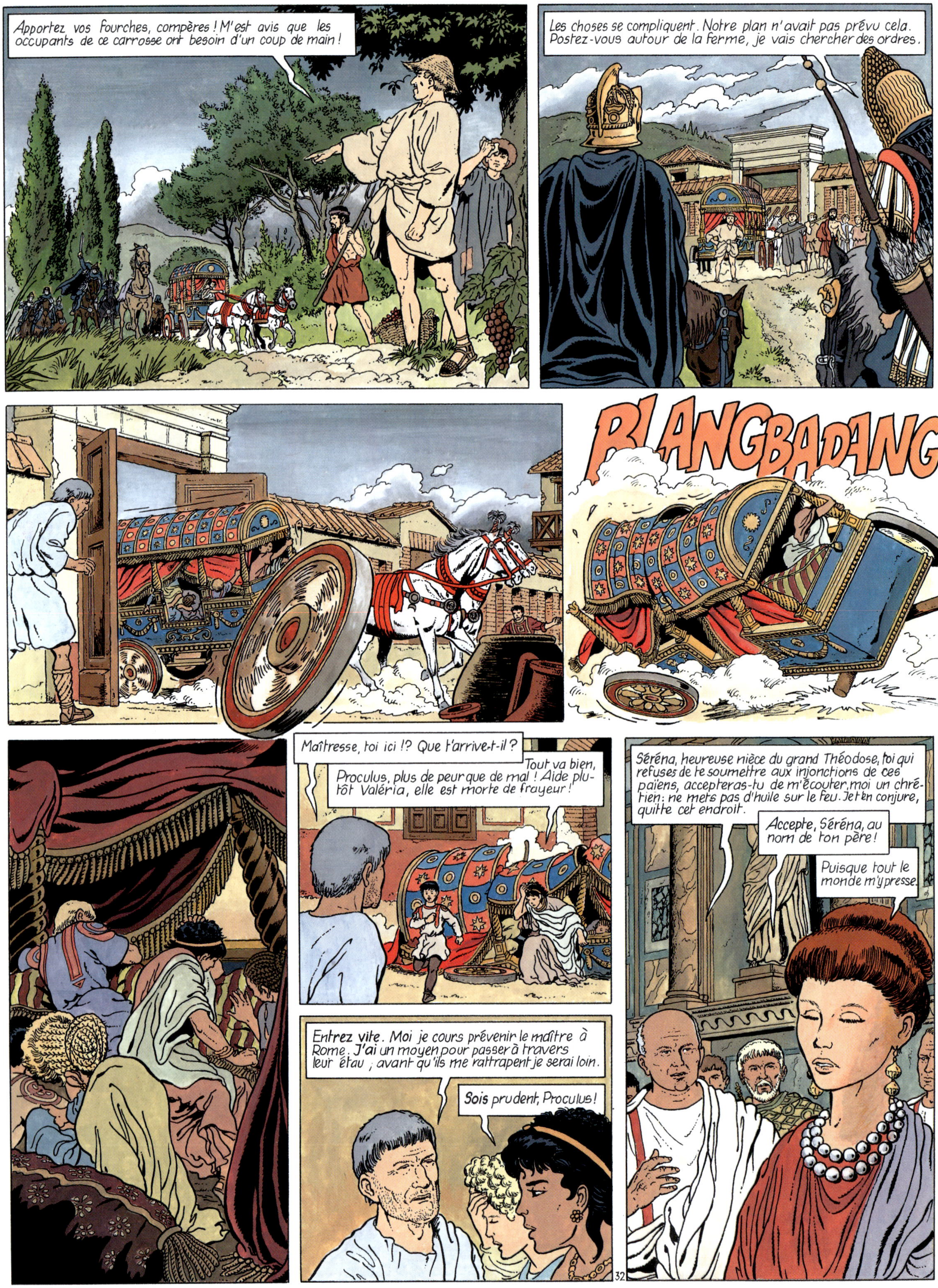
Apportez vos fourches, compères ! M'est avis que les occupants de ce carrosse ont besoin d'un coup de main !
Les choses se compliquent. Notre plan n'avait pas prévu cela. Postez-vous autour de la ferme, je vais chercher des ordres.
BLANGBADANG
Maîtresse, toi ici !? Que t'arrive-t-il ?
Tout va bien, Proculus, plus de peur que de mal ! Aide plutôt Valéria, elle est morte de frayeur !
Entrez vite. Moi je cours prévenir le maître à Rome. J'ai un moyen pour passer à travers leur étau ; avant qu'ils me rattrapent je serai loin.
Sois prudent, Proculus !
Séréna, heureuse nièce du grand Théodose, toi qui refuses de te soumettre aux injonctions de ces païens, accepteras-tu de m'écouter, moi un chrétien : ne mets pas d'huile sur le feu. Je t'en conjure, quitte cet endroit.
Accepte, Séréna, au nom de ton père !
Puisque tout le monde m'y presse.
32

Inutile de me foudroyer ! Je suis convaincu que tu deviendras une grande princesse... à condition que tu apprennes à te comporter comme telle !
Tais-toi, Flavien.
La femme doit mourir.
Mais il n'en était nullement question !
Cette assemblée n'a servi qu'à nous éloigner un peu plus des chrétiens.
Victor Olympius ! On ne l'attendait plus ! Voyez comme il est pâle !
ILS ONT ENLEVÉ MA PETITE-FILLE !
Symmaque, je crains que la Fortune ne soit en train de nous jouer un sale tour !
Nous avons bien fait de mettre nos enfants à l'abri. À Tibur, ils ne risquent rien
Les dieux fassent qu'il ait raison ! Je suis sans doute ridicule, qui pourrait atteindre les enfants dans son domaine ?
Proculus, qu'est-ce que tu fiches ici ?!
Ton épouse et Valéria ont dû se réfugier dans la ferme. Une bande de gredins masqués qui les poursuivait, cerne à présent les bâtiments.

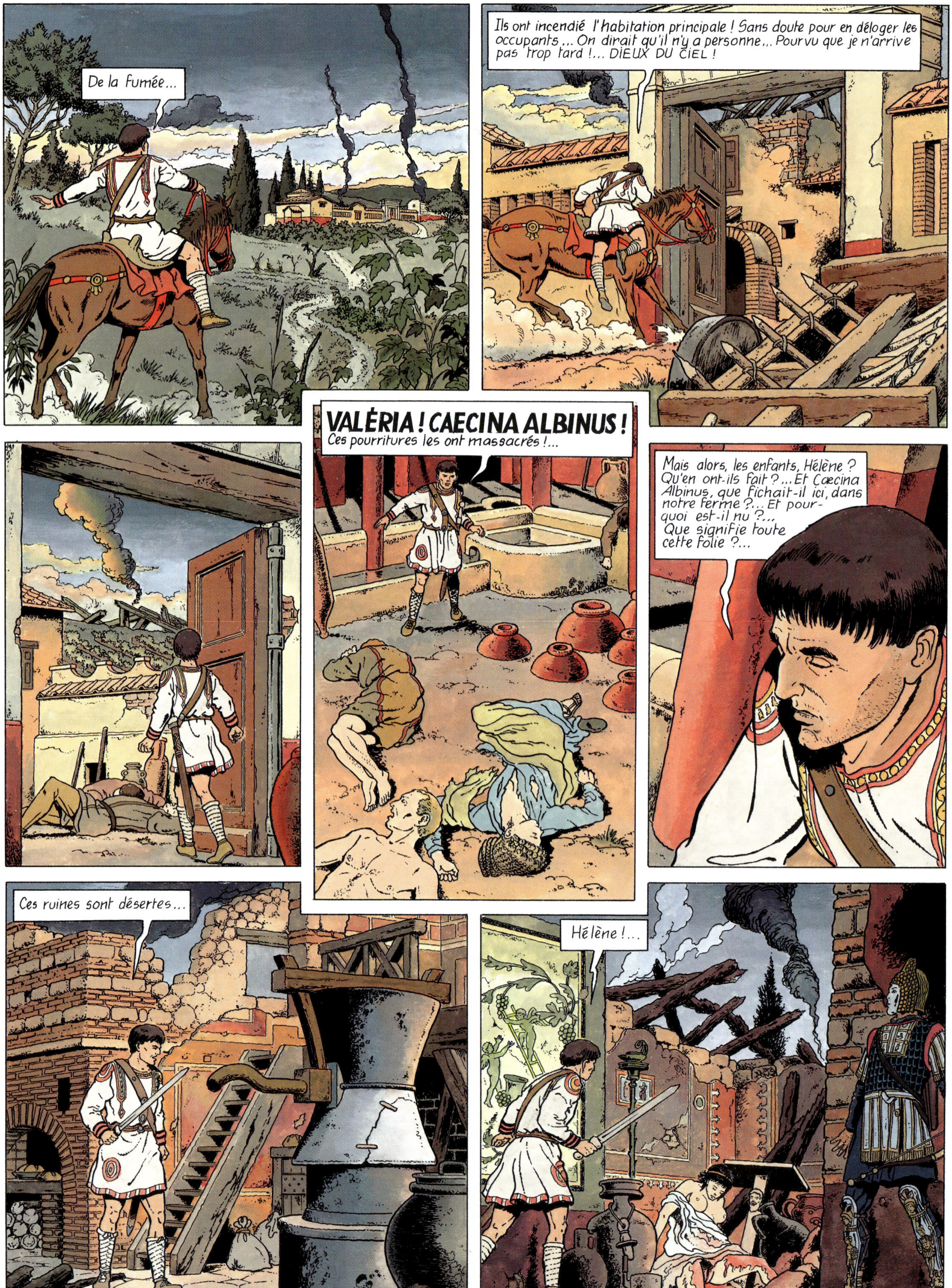
De la fumée...
Ils ont incendié l'habitation principale ! Sans doute pour en déloger les occupants... On dirait qu'il n'y a personne... Pourvu que je n'arrive pas trop tard !... DIEUX DU CIEL !
VALÉRIA ! CAECINA ALBINUS !
Ces pourritures les ont massacrés !...
Mais alors, les enfants, Hélène ? Qu'en ont-ils fait ?... Et Cæcina Albinus, que fichait-il ici, dans notre ferme ?... Et pourquoi est-il nu ?... Que signifie toute cette folie ?...
Ces ruines sont désertes...
Hélène !...

Que s'est-il passé ? Où sont les enfants ? Parle ! Regarde-moi ! C'est moi, Flavien ! Je t'en supplie, réponds-moi !
Les enfants... ils... ils les ont pris... tous les trois...
NOON ! NON ! NON !
CLANG
Ce... Cet individu... Je... je le connais... J'en suis sûr ! Je te retrouverai, salaud, dussé-je y consacrer ma vie !
35

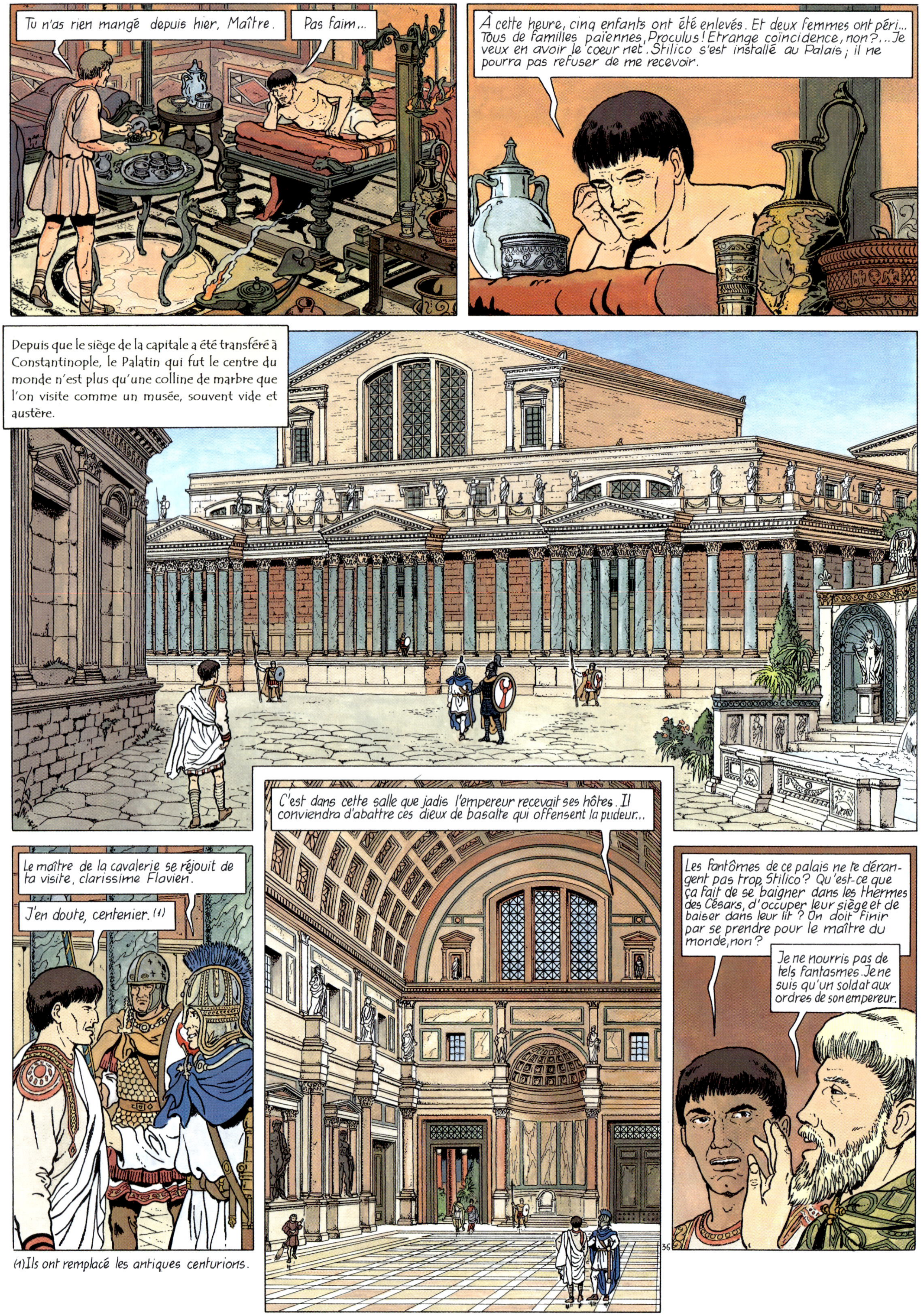

(1) Ils ont remplacé les antiques centurions.

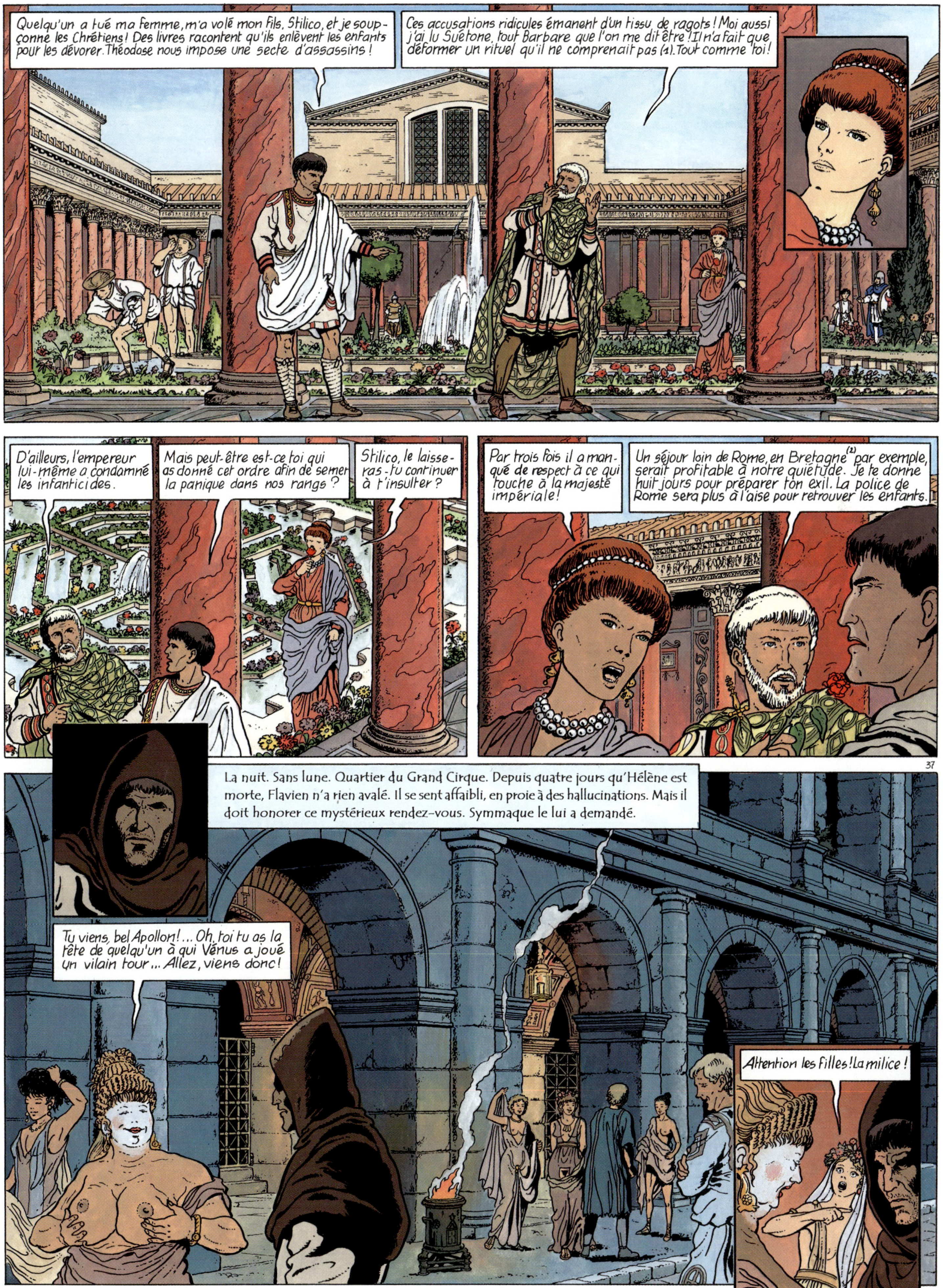

(1) L'Eucharistie. (2) L'Angleterre actuelle.

Depuis que le pape Sirice veille sur la vertu de Rome, les temps sont durs pour ces dames.
Plus moyen de travailler gentiment !
EH, TOI !
Nous avons reçu une dénonciation. Paraît que les adorateurs de Mithra se réunissent en secret dans le quartier.
Je... je ne suis pas au courant...
Par les temps qui courent mieux vaut ne pas braver les édits impériaux, pas vrai ?
Il ne me paraît pas franc du collier ce citoyen ! Approche donc un peu de ma lanterne !...
Suis-moi, Flavien.
Ils ne se risqueront pas dans ce labyrinthe...
Bienvenue, Flavien. Nous t'attendions.
Nous faudra-t-il descendre jusqu'aux Enfers ?..
38

Emergeant de l'ombre, une forme humaine s'approche de l'autel. La lueur de la flamme sculpte son visage en clair-obscur. Son visage ?... En fait, un effrayant masque de mort que la femme maintient devant sa figure, mais qu'anime un étrange regard de glace et de feu.
La Sibylle ! Je l'avais depuis longtemps reléguée au rayon des légendes. Cette prophétesse existe donc toujours !...
Du fond des âges, elle seule a toujours décelé les oracles dans le langage abscons des Livres Sibyllins.
Retire tes vêtements, Flavien, et descends dans la fosse.
Grâces te soient rendues, ô Jupiter, Très Bon et Très Grand, et à vous aussi, Minerve et Junon, et à tous les dieux qui peuplent l'univers, et je n'oublie pas Celui qui a parlé mais dont le nom demeure caché ! Rome se prosterne à vos genoux !

Flavien, fils de Nicomaque, tu possèdes une grande connaissance de la religion de nos ancêtres. Tu la tiens pour garant du salut de Rome. Les dieux t'invitent au grand voyage dans le monde des morts... Ce que tu y verras, ce que tu entendras, te donnera à penser.
Près d'elle... les Livres Sibyllins !
La descente aux Enfers est aisée pour l'Initié. Les portes du sombre Hadès lui sont ouvertes. Mais revenir sur ses pas, respirer à nouveau le doux air du ciel, s'avère une dure épreuve. Seul un pur peut y réussir...
Les Livres ont donc échappé aux recherches de la police ! Mais alors, c'est que des hommes s'affairent dans l'ombre afin que survive le culte de nos dieux !
...Dans le monde redouté des Enfers se cache la réponse aux questions qui te tourmentent et qui harcèlent l'âme déroutée de tes compagnons.
Flavien, fils de Nicomaque, te sens-tu prêt à accomplir le dessein des dieux ?
Je suis prêt.
Alors prends ce rameau d'or dans la main droite et ne le lâche surtout pas, sinon tu ne pourrais plus revenir, condamné à errer pour l'éternité dans les limbes du Tartare !
Bien. A présent, bois ce breuvage. Sa fragrance est envoûtante et son goût te paraîtra étrange. Seuls, les dieux en connaissent la composition.
40

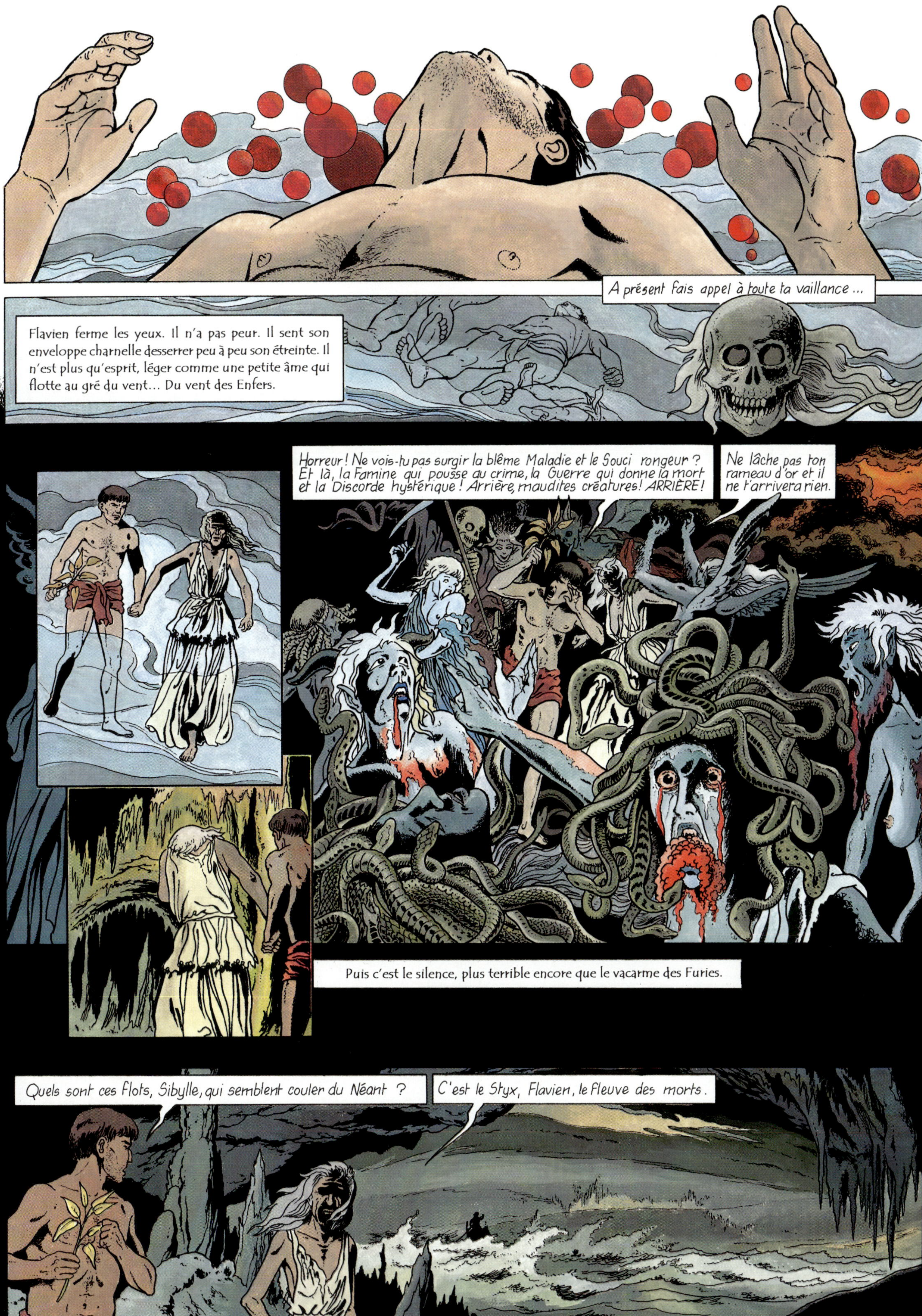
A présent fais appel à toute ta vaillance ...
Flavien ferme les yeux. Il n'a pas peur. Il sent son enveloppe charnelle desserrer peu à peu son étreinte. Il n'est plus qu'esprit, léger comme une petite âme qui flotte au gré du vent... Du vent des Enfers.
Horreur ! Ne vois-tu pas surgir la blême Maladie et le Souci rongeur ? Et là, la Famine qui pousse au crime, la Guerre qui donne la mort et la Discorde hystérique ! Arrière, maudites créatures ! ARRIÈRE !
Ne lâche pas ton rameau d'or et il ne t'arrivera rien.
Puis c'est le silence, plus terrible encore que le vacarme des Furies.
Quels sont ces flots, Sibylle, qui semblent couler du Néant ?
C'est le Styx, Flavien, le fleuve des morts.

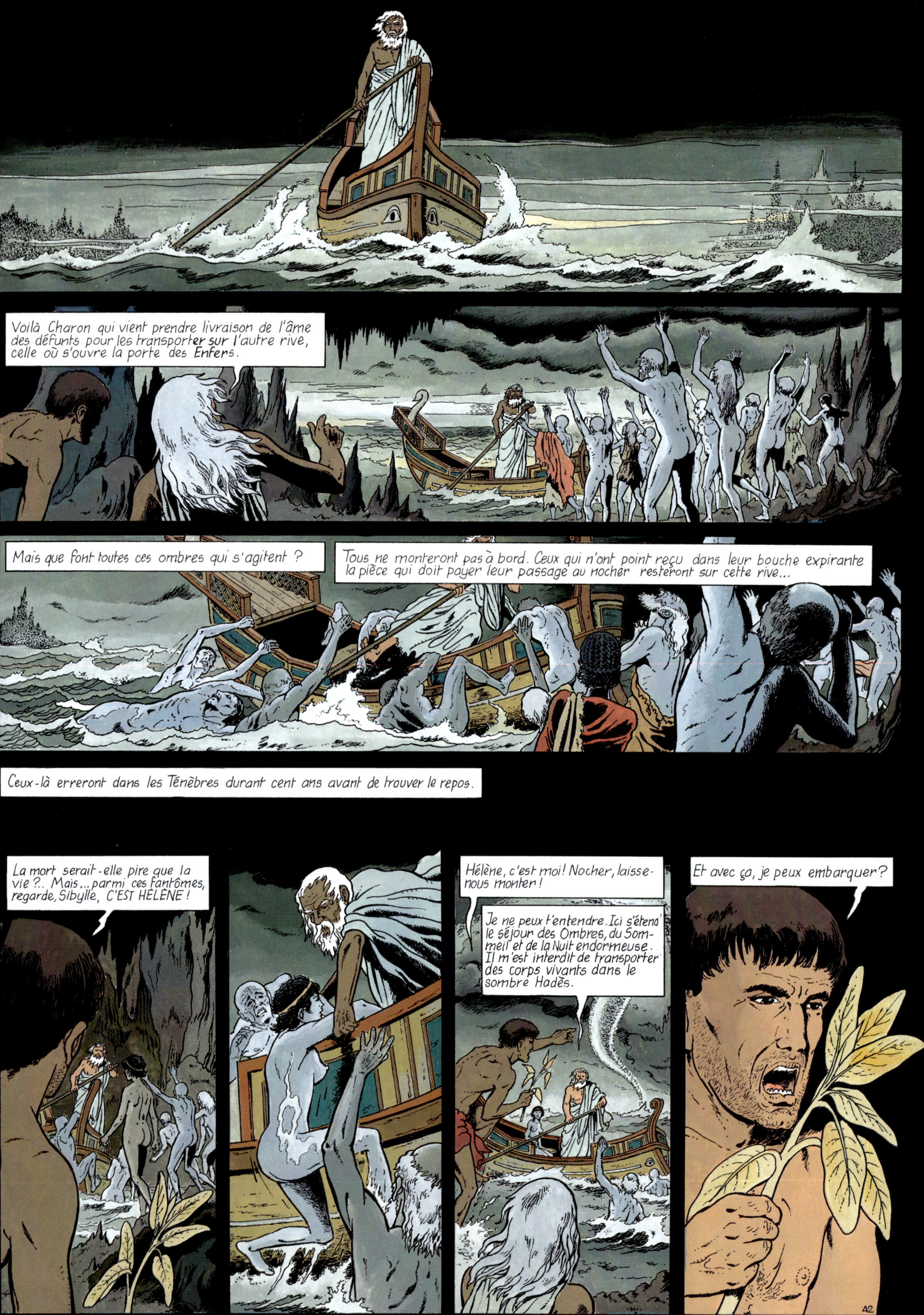
Voilà Charon qui vient prendre livraison de l'âme des défunts pour les transporter sur l'autre rive, celle où s'ouvre la porte des Enfers.
Mais que font toutes ces ombres qui s'agitent ?
Tous ne monteront pas à bord. Ceux qui n'ont point reçu dans leur bouche expirante la pièce qui doit payer leur passage au nocher resteront sur cette rive...
Ceux-là erreront dans les Ténèbres durant cent ans avant de trouver le repos.
La mort serait-elle pire que la vie ?.. Mais... parmi ces fantômes, regarde, Sibylle, C'EST HÉLÈNE !
Hélène, c'est moi! Nocher, laisse-nous monter !
Je ne peux t'entendre. Ici s'étend le séjour des Ombres, du Sommeil et de la Nuit endormeuse. Il m'est interdit de transporter des corps vivants dans le sombre Hadès.
Et avec ça, je peux embarquer?
42

Hélène ! Enfin je te retrouve !
HÉLÈNE !
Je.. je voulais tant la serrer dans mes bras !
Elle n'est plus qu'une ombre insaisissable.
La porte des Enfers. Derrière ses battants d'airain tu trouveras les réponses que tu cherches. Cependant il arrive que le langage des Immortels échappe à l'entendement des hommes. Les dieux ont parfois l'esprit facétieux...
Les champs d'asphodèles, c'est ici que vous débarquez. Mais attention, mieux vaut ne pas s'attarder dans ce secteur.
Adieu, nocher.
Il s'en va chercher d'autres âmes. Ainsi Charon fera-t-il jusqu'à la fin des temps.
RAWH RAWH

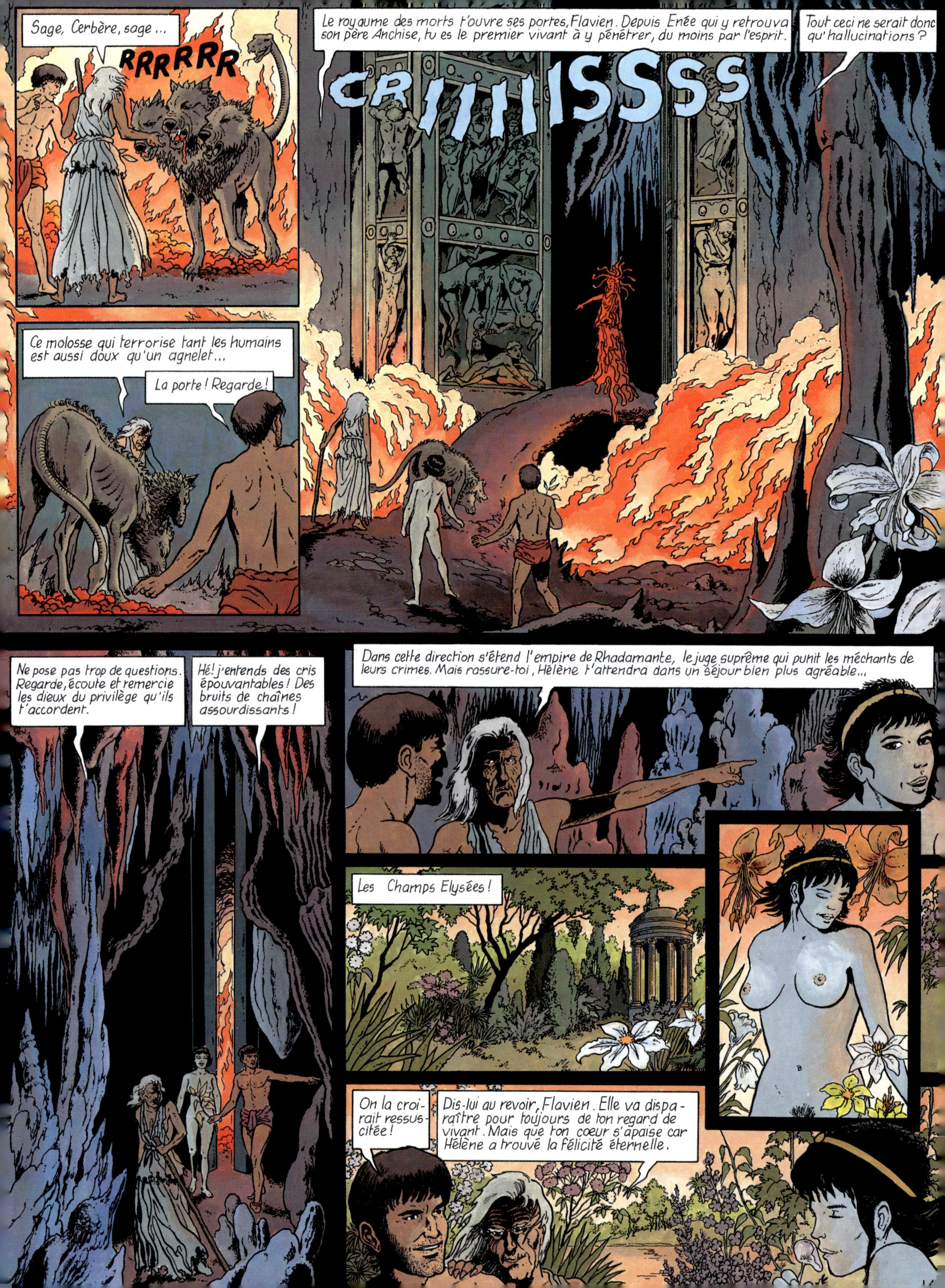

Sage, Cerbère, sage ...
RRRRRR
Le royaume des morts t'ouvre ses portes, Flavien. Depuis Enée qui y retrouva son père Anchise, tu es le premier vivant à y pénétrer, du moins par l'esprit.
Tout ceci ne serait donc qu'hallucinations ?
CRIIIIISSSSS
Ce molosse qui terrorise tant les humains est aussi doux qu'un agnelet...
La porte ! Regarde !
Ne pose pas trop de questions. Regarde, écoute et remercie les dieux du privilège qu'ils t'accordent.
Hé ! j'entends des cris épouvantables ! Des bruits de chaînes assourdissants !
Dans cette direction s'étend l'empire de Rhadamante, le juge suprême qui punit les méchants de leurs crimes. Mais rassure-toi, Hélène t'attendra dans un séjour bien plus agréable...
Les Champs Elysées !
On la croirait ressuscitée !
Dis-lui au revoir, Flavien. Elle va disparaître pour toujours de ton regard de vivant. Mais que ton coeur s'apaise car Hélène a trouvé la félicité éternelle.

Il est temps de franchir le fragile rideau qui sépare le présent du passé.
Rome a connu le plus fabuleux destin que les dieux aient offert à un peuple. Un oracle l'avait prédit il y a plus de mille ans, le jour où l'Olympe accueillit Romulus, son fondateur. Au cours d'un violent orage, le premier roi de Rome fut admis au rang des dieux.
Après ce formidable prodige, les prêtres consultèrent les Livres Sibyllins.
Ceux-ci leur apprirent que sept prophéties successives scelleraient la destinée de Rome.
Six ont été révélées, alternant âge d'or et âge de fer. La septième n'a pas encore été divulguée et rien ne dit qu'elle sera le prélude à une ère de bonheur.
C'est à toi, Flavien, qu'il appartient de découvrir le dessein des dieux...
Seule la connaissance de certains faits du passé te permettra d'y parvenir. Bon voyage, Flavien... Bon voyage...
45

L'aigle, soudain, obliqua son vol et piqua de nouveau vers l'enfant. Doucement il redéposa le morceau de pain dans sa petite main... Ses compagnons s'émerveillèrent devant ce prodige. Le messager de Jupiter était redescendu des Cieux afin d'annoncer au jeune Octave qu'il deviendrait le maître du monde.
Peu après, un certain Catulus rêva que Jupiter Très Bon, Très Grand, surprenant des enfants qui jouaient autour de son autel, prit Octave sur ses genoux et lui remit avec solennité le symbole de l'Etat.
Cet enfant... c'est le futur Auguste, celui qui est devenu le premier empereur de Rome! J'avais lu l'histoire de cette prophétie dans le livre de Suétone.
C'était la première.
Il s'ensuivit deux siècles de prospérité qui assurèrent le bonheur du monde romain.
En Syrie, dans l'ombre maléfique d'un temple dédié à Ba'al, se tramait un complot qui devait plonger l'Empire dans les ténèbres de la folie. Curieusement, personne ne sut interpréter les signes divins qui annonçaient la deuxième prophétie. Le temps des fléaux allait s'abattre sur Rome...
C'est alors que vint le temps de la deuxième prophétie. 933 années après la fondation de Rome, la peste emporta le valeureux empereur Marc Aurèle. Mais d'aucuns murmurèrent que son fils, l'ombrageux Commode, avait un peu aidé le destin.
FIN
DU LIVRE PREMIER

À PARAÎTRE :